ESTRANHO SERIA SE VOCÊ SOUBESSE

1ª edição | São Paulo, 2023

aramyz

ESTRANHO SERIA SE VOCÊ SOUBESSE

LARANJA ● ORIGINAL

aos que gritam

aos que não conseguem gritar

sumário

Polifonia da dor

As vozes que escutamos em nossa cabeça quando pensamos parecem tão nossas que, às vezes, nos esquecemos de que elas não nos pertencem, de que já existiam antes de nós, esperando apenas um empurrãozinho para dentro. Estavam no jeito, como os nossos pais falavam, nas histórias que ouvíamos antes de dormir, nos programas de televisão a que assistíamos, na escola, na rua e em todo e qualquer lugar onde a linguagem avança.

William S. Burroughs dizia que a linguagem é um vírus que se instaura em nosso organismo produzindo uma espécie de simbiose com o hospedeiro. Em *estranho seria se você soubesse*, as vozes que nascem na cabeça do Aramyz poderiam muito bem vir da sua ou da minha, porque as ouvimos como se fossem nossas. Talvez seja por isso que ele goste de escrever entre tantas outras pessoas, dentro de trens e ônibus apertados. Uma necessidade da rotina diária de trabalho, muito provavelmente, mas também uma vontade do escritor de estar mais perto, se possível dentro, da cabeça do outro-hospedeiro.

A alteridade extremada, que vem desde o processo de escrita e que se organiza de maneira literária na forma de pensamento ou confissão, não é apenas um exercício de estilo, mas também uma maneira de pensar o mundo a partir do lugar íntimo de alguém espremido pela repressão, como em "academia", em que acompanhamos um homem refletindo, no limite entre a homofobia e o recalque, enquanto se exercita e se excita ("eu tenho medo, porque eu também estou me tornando um lixo preconceituoso de direita"); ou a confissão de uma funcionária que urina no refresco servido na escola em "suco de laranja"; ou ainda alguém recordando a infância em "violência", quando era coletivamente estuprado por ser "afeminadinho".

Há, nos textos do Aramyz, sempre um interlocutor anônimo, que pode ser um personagem ausente, mas que inevitavelmente desemboca no leitor. Toda essa polifonia endereçada a nós produz um efeito mosaico que torna todo o discurso coletivo, explodindo a intimidade e a subjetividade das personagens para além dos limites da ficção. São gritos indignados, pedidos de socorro, confissões desamparadas, mas há também um olhar distanciado de quem aprendeu a rir da própria dor, e isso faz toda a diferença na coletânea de textos aqui publicados.

Alguns estudiosos da violência, como Jaime Ginzburg, dizem que, depois de um grande trauma, os depoentes costumam narrar suas próprias histórias em terceira pessoa, como uma estratégia de sobrevivência, para evitar reviver a catástrofe uma vez mais. Uma maneira, talvez, de resolver o paradoxo entre o esquecimento e a lembrança dolorosa. Aramyz encontrou na polifonia um jeito próprio de narrar sua história, tornando-a coletiva. Um ato de luta e resistência, sem nenhuma dúvida, mas também uma declaração de amor à literatura e à ficção.

Marcos Gomes

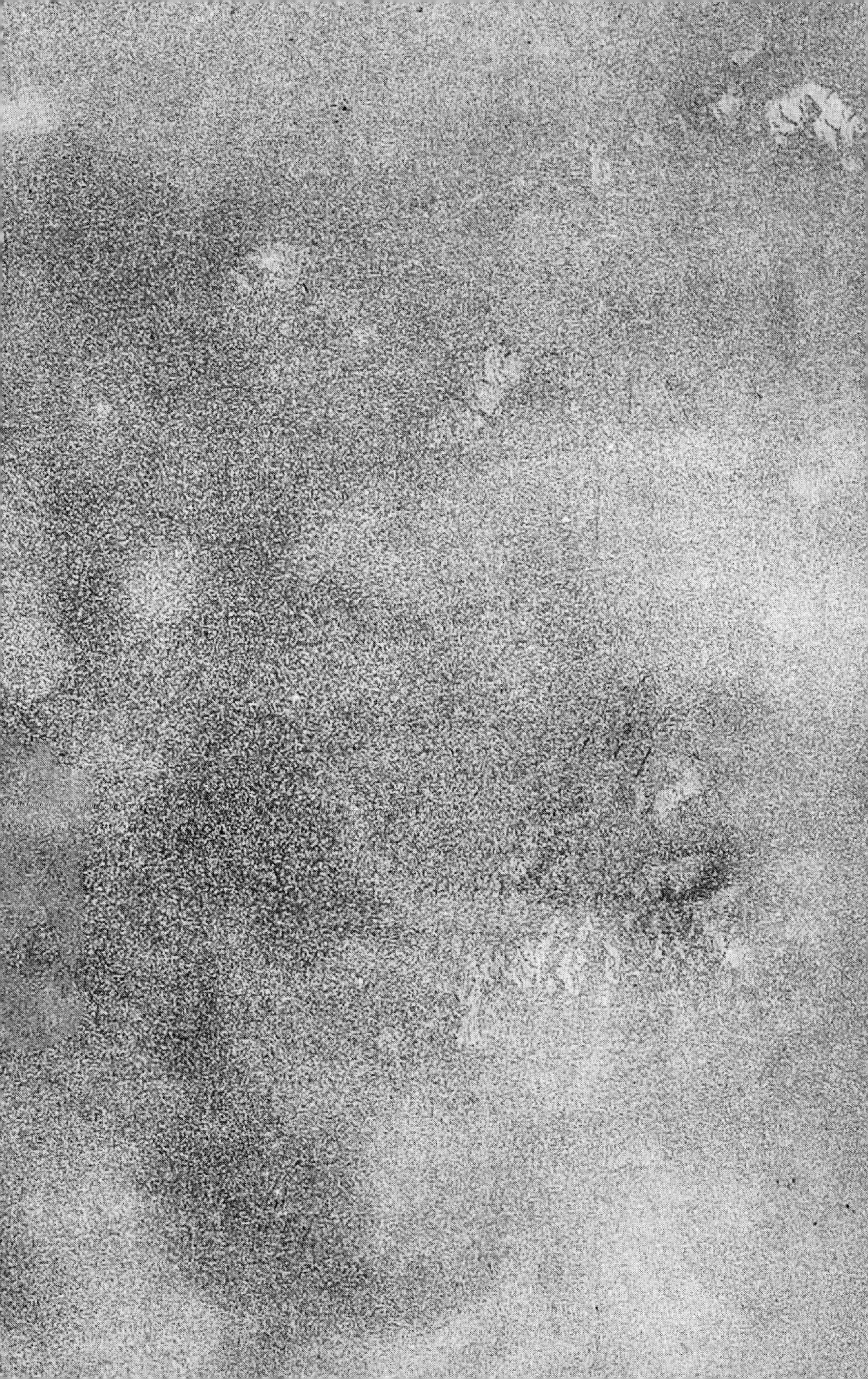

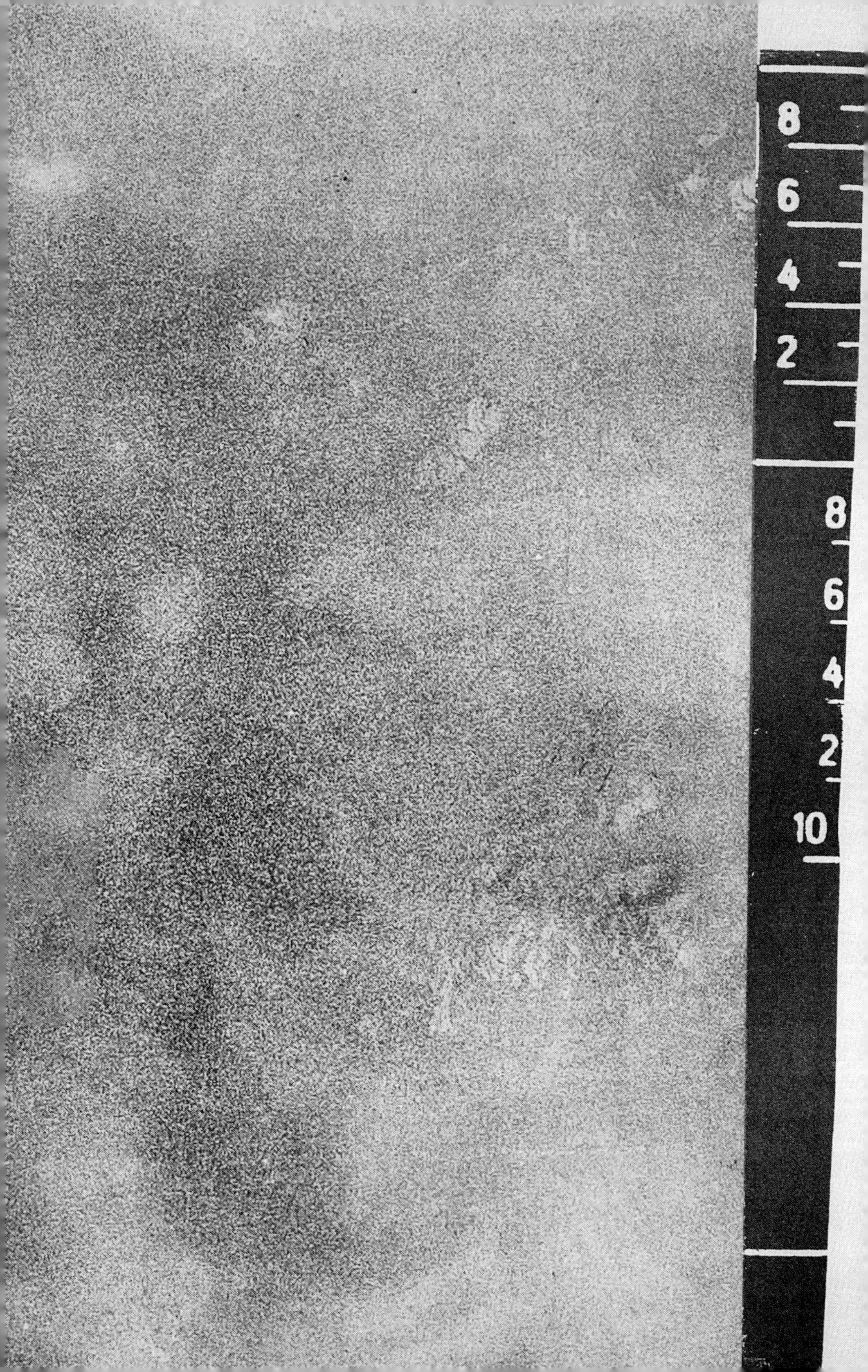
8
6
4
2
8
6
4
2
10

suco de laranja

olha lá o menino. não se enturma com os outros. nunca que eu colocava um filho meu pra estudar num colégio desse, eu tenho noção, a mãe dele não tá nem aí, nem percebe nada, essa perebenta; com essa idade usando essas roupas e com essa barriga de fora, não sabe o que pode e o que não pode usar. acha que ela vai ver os problemas do menino? vê nada, ou vê e faz de conta que não vê; não deve saber um terço do que o menino passa. olha os filhos, vê se isso vai ser alguém na vida... tudo sem cabresto, nenhum sabe se comportar, eu tô aqui, mas tô de olho; é um tal de cachorro-quente entrando na bolsa dela que dá pra fazer uma festa; esses esgabilados parece que nunca viram comida. eu tô só vendo a vergonha que o menino tá passando. você acha que depois os coleguinhas não vão comentar e chacotar do coitado? claro que vão; o menino já come um dobrado na mão dos capeta. outro dia mesmo eu entrei no banheiro e os colega de sala estavam com a cara dele socada na privada dando descarga; dava descarga e subia pra ele respirar, parecia aqueles filme de tortura, aqueles que o infeliz confessa até o que não fez. enfiavam a cabeça do menino, davam descarga e: "fala que tua mãe é vagabunda e não sabe quem é teu pai, fala, viadinho bolsista!", enfiavam de novo e: "fala que tua irmã dá pra todo mundo... fala, bichinha bailarina!" e o menino só chorava e falava o que eles mandava. meu coração doeu, lembrei do meu sobrinho, menino trabalhador, o pai colocou pra fora quando descobriu, depois o pai ficou doente, quem voltou pra cuidar? ele. era tanto xingo que dava pena, viadinho, mariquinha, bichinha, de tudo eles chamavam esse menino enquanto enfiavam a cabeça dele na privada, se eu não tivesse entrado, sei lá o que eles teriam feito, eu fiquei com aquilo na cabeça durante um bom tempo; eu ia dormir e ficava pensando, consciência pesada. eu não falei nada porque não quero confusão com essa gente, mas deixei bem claro que eu não gostei do que vi; porque eu não gosto de injustiça. eu virei e fiz : "aff", tossi bem alto pra eles vê que eu tava vendo; tossi e falei "aff", falei mesmo; falei e dei papel toalha pra ele se enxugar. você é nova aqui, mas vai aprendendo, tem que saber a hora de falar e a hora de calar; e a hora de falar nem sempre é a hora que a gente pensa que é a hora certa. às vezes, a gente fala só com o olho, ou, às vezes, nem fala com nada; eu tive que aprender, você vai aprender também. eu tô aqui desde o primeiro dia, quando abriu esses portão e esse bando de desalmado entrou fazendo confusão; já vi coisas que até Deus duvida. você acha que o diretor não sabe que acontece essas coisas? claro que sabe, todo mundo sabe, mas cala a boca; é mais fácil ficar quieto, eu fiquei, eles ficam, o menino fica; parece que todo mundo combina de calar a boca. eu nunca que ia deixar meu filho estudar num lugar desses; a pessoa tem que saber seu lugar, rico é rico, pobre é pobre. a gente vê esses menino tudo bonitinho, tudo arrumadinho, mas é só aparência; rico é uma desgraça, se sente dono do mundo, não fala, mas nem precisa, eles olha pra cara da gente e a gente já sabe o nosso lugar; e nem precisam olhar com cara de nojo, eu sei que é o que eles sente. eu não ligo, eu cuspo na comida deles: cuspo no suco, cuspo no café, cuspo em tudo que passa pela minha frente, cuspo mesmo! já dei cada escarrada que se eles soubesse, mandava me matar. eu sei que não é certo, mas é meu jeito de gritar, é meu jeito de falar sem falar que não gosto das coisas que acontece; meu jeito de falar sem ninguém ouvir, falo em silêncio; isso eu aprendi com eles, quem fala mais é quem fala menos. fui criada assim, minha mãe só me olhava; é o que eu faço quando vejo eles fazendo coisa errada; só olho. esse suco de laranja que tão servindo, coloquei um pouco de mijo; pensa: laranja é ácida, mijo também é ácido, são duas acidez que se mistura e vira uma coisa só, fica tudo ali misturadinho; ninguém percebe, faço tudo na moita, igual eles; no silêncio... é no silêncio que eu grito, é no silêncio que eu faço justiça, é assim que eu faço justiça. eles pode não gostar de mim, pode ter nojo de mim, mas de um jeito ou de outro eles acabam me engolindo.

beijo

ele tinha 15 anos, talvez mais, talvez menos... ele era mais velho que eu, ele morava na casa da frente; era uma casa grande pintada e arejada, entrava ar na casa dele; o nome dele era elias, era elias o nome dele; eu quase nunca via ele, só de vez em quando eu via ele, ele era maior que eu; talvez fosse do meu tamanho. tinha um corredor que passava em frente à casa grande pintada e arejada dele; na casa dele tinha tv, eu passaria na janela da casa dele o tempo todo para ver tv; mas eu não podia passar, era proibido, eu morava no cortiço do fundo da casa dele. no fundo da casa grande pintada e arejada com tv que ele morava tinha um cortiço, a gente lavava roupa e louça no tanque, a gente tomava banho no tanque e na bacia. na casa pintada e arejada dele tinha chuveiro, o cortiço começava no porão da casa dele, não tinha ar no porão; então a minha mãe colocava a gente pra quentar no sol, era importante tomar sol, ela falava enquanto passava o pente fino no nosso cabelo para tirar lêndeas; ela catava os nossos piolhos no sol. na escola em que a gente estudava tinha piolhos, era uma escola de madeira, eu gostava da escola, eu queria morar na escola, eu queria ficar bastante tempo na escola. mas minha mãe não deixava... então eu mexia nos ponteiros do despertador, eu adiantava o relógio, minha mãe ficava enlouquecida, porque achava que o relógio estava com problemas; ela achava que o relógio estava pulando as horas, então ela me mandava ir na janela da casa grande pintada e arejada... ver as horas no relógio grande de madeira que tinha na parede. eu não sabia ver as horas, então eu perguntava as horas pra ele. o nome dele era elias e ele me falava as horas; a voz dele era bonita de ouvir, ele era maior que eu, a voz dele era maior que a minha, ele era mais inteligente que eu, ele via tv, ele comia coisas que eu não sabia o que era; ele me falava as horas, eu descia correndo e falava as horas pra minha mãe, era uma hora diferente da hora do nosso relógio, então eu não ia pra escola, porque ainda era cedo. ainda não era hora de ir pra escola, eu gostava de ir pra escola, eu gostava do banheiro da escola, do rolo de papel higiênico vazio da escola, eu sempre pegava o canudo pra brincar... mas eu só podia ir pra escola quando era hora de ir pra escola, e eu achava que mexendo no ponteiro do relógio eu adiantava o tempo; achava que mexendo nos ponteiros do relógio da minha casa mexia nos ponteiros de todos os relógios e despertadores do mundo... mas não, só mexia na hora da minha casa, mas eu não entendia isso. então eu comecei a ficar com raiva dele, eu comecei a ficar com raiva do relógio de madeira com passarinhos da casa dele; eu comecei a ficar com raiva da casa grande pintada e arejada dele, eu comecei a ficar com raiva da tv que tinha na casa grande pintada e arejada dele; eu comecei a ficar com raiva dele... eu estava com raiva dele, mas não muita raiva, porque eu gostava dele; porque ele falava a hora pra mim; até que um dia ele não falou mais a hora pra mim; até que um dia ele ficou doente. fiquei com remorso de ter ficado com um pouco de raiva dele. a minha mãe dizia que ele já tinha cara de doente... meu remorso passou, ele foi pro hospital com o pai e a mãe dele de carro; a mãe dele era gorda de tanto comer umas coisas que eu não sabia o que era; o pai dele era do tamanho do meu pai, acho que um pouco maior ou um pouco menor; mas não era da mesma cor do meu pai e nem da minha mãe, era mais branco. muito, mas muito mais branco que a minha mãe. qualquer um era mais branco que a minha mãe! no dia que ele foi pro hospital com o pai e a mãe dele, eu fiquei o dia todo quentando no sol e tomando ar, eu não mexi no ponteiro do relógio, acho que naquele dia o ponteiro do relógio parou. ele não voltou do hospital, ele ficou no hospital; a minha mãe falou que ele estava muito doente e por isso ele ficou no hospital e eu fiquei tomando sol. a gente não podia sair na rua porque era perigoso, a minha mãe falava que era perigoso, então a gente ficava no fundo, o tempo todo no fundo, o tempo todo em frente da porta do cômodo que a gente morava. nem em frente do banheiro, que era de todo mundo, a gente podia ficar pra não atrapalhar ninguém; no tanque a gente só podia ir quando era a nossa vez, cada hora era a vez de um lavar roupa, lavar louça e tomar banho. a casa grande pintada e arejada que tinha tv e comia coisas que eu não sabia o que era não usava o tanque; não usava o banheiro, não ia lá atrás, não falava muito com a gente; só falava com meu pai e com a minha mãe que dava dinheiro pra eles, e o elias me falava a hora. mas não falava mais, porque ele tinha ido pro hospital, ele ia ficar um tempo morando no hospital, eu não sabia o que era esse hospital; minha mãe falou que era onde a gente tomava injeção, que era onde ficava quem estava doente; quem estava doente ficava lá, então eu não gostei; eu nem quis morar no hospital, minha mãe falou que ele nunca mais ia voltar, que ia morar no hospital, que ele estava muito doente: doente, doente, doente, mesmo! que era doença grave, ele estava com tuberculose... e ele não voltou mesmo, ele morreu no hospital, a minha mãe estava certa, ela sabia das coisas, ela sabia das horas, ela sabia que ele não ia voltar e ele não voltou; ela sabia que ele ia morrer, e ele morreu, todo mundo ficou chorando, foi uma choradeira dos infernos, minha mãe mandou eu chorar também, mas eu não estava triste, então ela me bateu pra eu chorar e eu chorei. quando as pessoas morrem é assim, todo mundo chora, todo mundo tem que chorar; e todo mundo chorou e eu fiquei pensando que todo mundo apanhou pra chorar, achei bonito todo mundo chorando, mais bonito ainda foi quando o caixão dele veio; ele veio dentro do caixão, e a gente foi na casa grande pintada e arejada que tinha tv e comia coisas que eu não sabia o que era; e o caixão era bonito, as flores eram bonitas, as velas, as pessoas sentadas chorando, as pessoas de pé chorando, a mãe dele abraçada com o pai dele e passando a mão na testa dele chorando;

minha mãe chorando, todo mundo chorando e eu chorei também. chorei sem apanhar, chorei de tristeza, de alegria de ver um negócio tão bonito; de felicidade de entrar na casa grande pintada e arejada que tinha tv e comia coisas que eu não sabia o que era; e eu comi bolo, tomei café, comi um monte de coisas; minha mãe também comeu, meu pai comeu, meus irmãos comeram; foi uma felicidade, a gente ficou lá quase a noite toda, eu queria ficar a noite toda chorando e comendo, e olhando pra ele dentro do caixão, ele parecia um anjo, mas não podia; a gente tinha que descer e dormir e ir de novo chorar e comer, quando acordasse o dia. quando o dia nasceu, a gente foi de novo pajear o morto e chorar, todo mundo chorava do mesmo jeito; estava mais cheio, tinha muita gente, e tinha muito bolo também; bolo, café, pão com coisa dentro, chá, suco; era uma festa de morto! ele ali no caixão cheio de velas e flores parecia um bolo grande, eu fiquei pensando que alguém podia cantar parabéns; eu nunca tive um bolo, minha mãe falava que no dia do aniversário a gente tinha que se esconder pro tempo não achar a gente e a gente não envelhecer, então eu me escondia embaixo da cama; a minha mãe falava que assim a gente não ficava velho e vivia mais; mas eu queria ter um bolo, eu queria ter parabéns pra você; mas eu matei os aniversários, minha mãe me ensinou a matar os aniversários; ela ensinava fazer isso porque não dava pra fazer bolo. mas agora ali eu pensei que podia ter um bolo enfeitado, um bolo com flores, um bolo com velas e me deu vontade de soprar as velas, me deu vontade de chorar, e eu chorei, eu chorei bastante; eu comi bastante, todo mundo comeu bastante! nunca vi tanta comida, tanta coisa gostosa, parecia a festa junina da escola, mas aí a festa ia acabar, falaram que ia levar o caixão e a gente ia passear no cemitério de ônibus, tinha um ônibus pra todo mundo ir, ia ser bom andar de ônibus de graça... e aí pegaram a tampa do caixão e todo mundo começou a chorar mais, era uma choradeira muito grande; era muito choro, tanto choro que o chão deve ter ficado molhado de tanta lágrima; a mãe dele começou a chorar bem alto, parecia que só ela queria chorar, chorava e gritava que queria ir junto, eu também queria ir junto, e ela dizia que não era justo, eu também não achava justo, não era certo ele ir e não falar mais as horas pra mim, e ela desmaiou; caiu no chão e ficou se debatendo, parecia que ia nadar nas lágrimas; todo mundo foi acudir e ficou abanando ela, jogaram água pra ela acordar e ela acordou, e começou a chorar de novo, e todo mundo ficou chorando junto com ela. aí, o moço que veio buscar o caixão e estava com a tampa na mão, foi colocar a tampa no caixão, mas o pai dele não deixou; o pai dele mandou parar, o pai dele queria falar com ele, o pai dele foi até o caixão, mas não falou nada com ele; o pai dele ficou alisando o rosto dele um tempo e antes de tampar o caixão, o pai do elias beijou ele no rosto, beijou ele no rosto, e eu fiquei olhando aquilo, eu também queria beijar no rosto dele, mas eu não podia, acho que eu não podia, só o pai dele podia beijar no rosto dele, e então eu queria ser o pai dele pra beijar o rosto dele, eu queria me despedir com um beijo, o pai dele beijou o rosto dele, eu não, eu não podia, eu não podia beijar o rosto dele, eu não podia beijar o rosto do elias, foi tão lindo ele ganhar um beijo no rosto, eu nunca ganhei um beijo no rosto, meu pai nunca beijou o meu rosto, eu também queria um beijo, eu também queria dar um beijo; e então o moço que segurava a tampa, fechou o caixão. foi bonito. eu fiquei com inveja, e naquele dia eu fiquei com vontade de morrer, eu também queria morrer, só pra ganhar um beijo, um beijo do pai do elias, um beijo do elias, um beijo do meu pai.

beraldo

hoje eu abri o jornal e estava escrito que um cabeleireiro gay de 45 anos foi esfaqueado e morto na capital paulista, todo dia é assim, outro dia, um jovem gay de 16 anos foi morto a facadas próximo ao portão 3 do parque ibirapuera.

...

quando a gente conhece um amor que ainda não é amor, mas depois vira amor, a gente acha que é pra sempre, e às vezes é mesmo, foi assim quando eu conheci o beraldo, o nome dele nem é beraldo, mas foi o jeito que a gente achou de juntar o nosso nome, aldo e bernardo, eu chamava ele de beraldo e ele também me chamava de beraldo. a gente nem precisou falar que era pra sempre, a gente sabia que era, que o amor nunca ia morrer, que eu não ia morrer, que ele não ia morrer, e que um dia a gente ia dormir e acordar morto, era assim mesmo que a gente falava: "acordar morto".

...

na madrugada fria de curitiba, um casal gay foi morto em frente às duas crianças, filhas de um deles. em belo horizonte, um gay sofreu agressões e teve o corpo queimado depois que atearam fogo nele.

...

quando eu era pequeno, mataram meu cachorro com bola de carne com vidro, eu fiquei um tanto de tempo pensando em matar quem tinha feito aquela desgrameira, quem fez aquilo não matou só o bob, matou também a minha paz.

...

na paraíba, o corpo de um militante gay, com marcas que assinalam requintes de crueldade, foi encontrado na praia. em mato grosso, uma mulher que alegava ser serva de Deus espancou um homem gay, dizendo que ele deveria morrer devido à sua orientação sexual.

...

tem horas que eu penso que estou me acostumando a ver as coisas e as pessoas morrerem. a gente cresce vendo tudo morrer, as pessoas e as coisas. as coisas também morrem, as coisas também são maltratadas. quando eu era pequeno, no jardim de casa tinha um formigueiro, meu pai jogou um caldeirão de água fervendo e matou todas as formigas de uma vez, matou porque disse que elas tinham que morrer. um tempo depois ele matou as roseiras e construiu uma garagem. aqui embaixo mesmo tinha um rio, mataram o rio e construíram essa avenida de asfalto, mataram as árvores que tinham do outro lado da rua e construíram uma praça com bancos de cimento.

...

na bahia, um jovem gay de 21 anos foi abordado por dois menores, um de 14 e outro de 16 anos. foi alvo de pauladas, apedrejado, depois foi arrastado pra uma casa abandonada e queimado. os dois menores que praticaram o ato disseram que fizeram isso porque “não gostavam de homossexuais”. na inglaterra, um pai chicoteou o próprio filho com um cabo de tv depois que descobriu que o jovem de 15 anos era gay.

...

minha mãe matava as galinhas que a gente comia em casa e falava pra eu não olhar. eu tinha pena de ver as bichinhas se estrebucharem, e ela dizia que isso fazia a galinha demorar pra morrer. minha mãe dizia que tem coisas que nascem pra morrer, e que tudo uma hora acaba morrendo mesmo. acho que nunca entendi isso, que nunca quis entender. ela dizia: "tudo morre, tem planta que vira salada, fruta que vira suco, mexerica que vira gomo, boi que vira bife, tudo morre. uma hora ou outra as coisas acabam morrendo, um dia eu vou morrer, seu pai vai morrer e você também vai morrer". tudo morre, letra que não vira palavra, palavrão sufocado que não vira xingo, grito entalado que não vira nada... acho que estou me acostumando a morrer, comecei a morrer no dia que mataram o bob.

...

hoje eu abri o jornal e estava escrito que um cabeleireiro gay de 45 anos foi esfaqueado e morto na capital paulista, só isso estava escrito, o meu beraldo virou só um cabeleireiro gay de 45 anos esfaqueado na capital paulista, foi isso que o meu beraldo virou, só isso que ele virou. o meu beraldo virou só mais uma vítima.

treinamento

repete comigo, luiz fernando, eu sou timão, eu sou, eu sou, vou dar porrada, eu dou, eu dou, eu sou timão, eu sou, eu sou, eu sou. fala, porra, fala moleque do caralho, fala, eu tô mandando você falar, sua mãe não vai falar nada, sua mãe não vai fazer nada, se ela fizer, eu dou porrada nela, anda caralho, fala: porra, caralho, fala, pode falar palavrão à vontade, sua mãe não vai te bater, não vai, tô falando que não vai, fala, anda, fala que eu tô mandando.

...

se esse menino ficar afeminado por sua causa, eu acabo com a sua vida, sua vaca, se esse menino começar com frescura, eu te mando pra cova, pode ter certeza, sua vadia do caralho.

...

luiz fernando, você é homem, você tem que beijar as meninas na boca, na boca, as meninas são suas namoradas. amanhã na escola você pega todas as meninas e beija na boca, elas vão falar que não gostam, mas é mentira, mulher gosta de ser beijada, toda mulher gosta. a tia? a tia não liga, a tia também gosta de beijar, o marido da tia também agarra a tia e beija.

...

mau exemplo o caralho, mau exemplo é outra coisa, eu tô ensinando o menino a ser homem, tô ensinando o menino como é a vida. a vida é assim, se todo pai ensinasse as coisas da vida quando os meninos ainda são crianças, não teria esse monte de viado que tem hoje, não teria tanto pai passando vergonha.

...

não, luiz fernando, o marcelinho não é seu namorado, ele é seu amigo, seu amigo, entendeu? sua namorada é a loirinha, sua namorada é a pretinha, sua namorada é a branquinha, todas as meninas são suas namoradas, todas, você pode agarrar todas elas e beijar à vontade, eu tô falando que pode.

...

cala a boca caralho, cala a boca que estou falando com o menino, eu tô falando, eu sou pai, eu falo o que eu quiser. ele não vai mais pra essa escolinha, não vai. vai fazer o que lá? desenhar, desenhar ele desenha em casa, desenha na parede do quarto dele, desenha na parede da sala, desenha na parede da cozinha, desenha onde quiser, mas pra essa porra dessa escolinha de merda ele não vai mais.

...

olha pra mim, luiz fernando, pra mim, estou mandando você olhar pra mim, esquece que sua mãe está aí, quem está falando com você sou eu, olha pra mim, seu porra, seu pervertido, estou falando com você, olha pra mim, caralho.

...

olha o que você está fazendo com esse menino. esse menino está virando uma mulherzinha, está virando um maricas. eu quero que você se foda, eu não vou pagar escolinha que faz meu filho virar bicha.

...

solta essa boneca, luiz fernando, essa boneca é da sua irmã, isso é brinquedo de mulher, seu brinquedo é o carrinho e a bola.

...

respeitar diferença o caralho, a única diferença que ele tem que saber é entre mulher pra casar e mulher pra foder, gol contra e gol a favor, timão e timeco, whisky bom e whisky batizado. ele tem que saber coisa que homem sabe, é isso que ele tem que saber. meu filho é homem.

...

pode chutar a bola à vontade, pode chutar na sala, pode chutar na cozinha, pode chutar no quarto, pode chutar onde você quiser. se sua mãe brigar, eu brigo com ela, quem manda aqui sou eu, pode quebrar o que quiser. se quebrar, eu compro de novo. chuta, pode chutar, chuta pra mim, faz gol, luiz fernando, gol.

...

cala a boca, sua vaca filha da puta, cala a porra da boca senão eu arrebento a sua cara de vagabunda, sua treinadora de viado, pode ir onde você quiser, falar com quem você quiser. quer o telefone da delegacia? se quiser, eu mesmo te dou, procuro agora pra você, vai pra casa do caralho. tô pouco me lixando, tô cagando e andando pra essas lei de mulher mal comida. você quer filho viado? tô treinando a porra do moleque, tô ensinando o que deve ser ensinado, coisa que você não ensina, juro por Deus, escreve, se eu chegar um dia aqui e ver você fazendo brigadeiro com esse moleque de novo, você perde seus dentes, eu arrebento você.

...

homem briga mesmo, luiz fernando, todo homem briga, dá chute no saco, homem não sente dor, homem não chora, entendeu, luiz fernando, choro é pra sua irmã que é mulherzinha, choro é pra sua mãe, pras porra das tuas tias. homem não chora, homem não tem medo, homem não tem medo de nada. medo de barata é pra sua irmã que é fresquinha e cheia de mimimi, mulher é cheia de mimimi, homem não gosta de mimimi, você é homem, homem aguenta tudo calado, você é homem, você aguenta tudo calado, dá um soco na minha cara, dá pra você ver, eu não choro, eu não sinto dor, eu sou homem, você também é homem, eu e você somos homens, somos os machos da casa, deixa dodói pra sua mãe e pra sua irmã.

...

eu falo o que eu quiser pro moleque, ensino o que eu quiser, se eu quiser, eu abro a internet agora e mostro foto de vagabunda pelada. quer que eu mostre o quê, foto de macho ?

...

cala a boca, luiz fernando, para de defender mulher, mulher só serve pra foder a vida da gente. não tô brigando com a sua mãe, estou explicando pra sua mãe, explicando, porque sua mãe é burra, mulher é burra, sua mãe é mulher, sua mãe é burra, entendeu? toda mulher é burra, sua mãe é burra.

...

tô cansado de passar vergonha com esse moleque nessas festinhas de merda que você inventa de ir, o filho de todo mundo brincando de correr, jogar bola, e o luiz fernando brincando com as meninas, o luiz fernando deixando as meninas passar batom nele, porra, vergonha do caralho.

...

cala a boca, luiz fernando, cala a boca seu bosta, cala a porra da sua boca, seja homem.

...

vai pra onde você quiser, pode ir, quero ver quanto tempo você consegue ficar na casa da sua mãe, quero ver quanto tempo sua mãe aguenta você enchendo o saco dela, porque é só isso que você sabe fazer.

...

cala a porra da boca, moleque, engole essa merda desse choro... se você quer chorar, eu te dou motivo, eu arrebento você, seu merdinha, eu quebro você na porrada, te bato até sair sangue.

...

meu filho você não vai levar. leva a sua filha que é igualzinha a você, leva e vai treinando ela pra achar um otário feito eu, e se casar, meu filho fica, meu filho vai ser macho.

...

é pai, luiz fernando, é mãe, luiz fernando, homem fala pai e mãe, pai e mãe, entendeu? homem não fala papai e nem mamãe, homem fala pai e mãe.

...

se esse menino continuar te chamando de mamãe e me chamando de papai eu quebro os dentes dele. papai e mamãe o caralho, o viado que trabalha no escritório da firma fala assim, aquela aberração. não vem com esse papo que eu não sou obrigado a aceitar nada, tenho direito de gostar do que eu quiser, tenho direito de odiar o que eu quiser, não sou obrigado a gostar de viado. cala a porra da boca, sua puta.

...

cala a boca, moleque, para de chorar, seu mariquinha.

...

olha no que você está transformando esse moleque, numa bicha escandalosa, na porra de uma bicha, você está fazendo meu filho virar puto.

...

comigo, luiz fernando. eu sou timão, eu sou, vou dar porrada, eu dou, eu dou. eu não vou mais brigar com a vaca da sua mãe.

...

cala a boca, seu lixo... vai pra onde quiser, não foi ainda?

...

se você defender a vaca da sua mãe de novo eu te arrebento, solta a barra da saia da sua mãe, seu vermezinho.

...

que merda, que vida de merda.

a chacota da vila

Deus criou macho e fêmea, não criou essas aberração... tá ouvindo, claydimilson? eu não quero um filho que faz essas coisas que vai contra os ensinamentos de Deus. eu sei que tá na moda, mas comigo não tem moda, não... a culpa é do seu pai, aquele miserável que não te deu exemplo. me fala, você tá usando droga? tóxico faz isso, tóxico vira a cabeça das pessoas, mas isso vai passar, eu sei que vai passar; tem um monte de menino de família rica que está experimentando essas patifarias por causa das novelas; o problema é que se você gostar, não tem volta, tá me ouvindo, claydimilson? você percebe o que tá fazendo com a sua vida? então presta atenção, eu nem devia te falar, só vou falar porque você é meu filho: os crente tão em campanha pra acabar com os homossexual, a igreja vai se unir com o governo, eu vi na televisão... o exército vai tomar as ruas e você não vai poder sair pra mais nada, vai ter que ficar em casa o tempo todo; vai ficar marcado feito gado, as pessoas vão olhar e falar: olha lá o rapaz que faz coisas com o cagador. daqui a pouco você vai injetá silicone no peito em posto de gasolina e se prostitui na rua por cachorro-quente. você sabe que os homossexuais gostam de apanhar na cara, né? eu vejo nos programas de televisão. acho que foi por isso que seu pai começou a beber e saiu de casa, ele já sabia que você não ia ser coisa que presta; você acha que eu também não sabia? sabia sim, e foi por isso que eu me apeguei com Deus. você quer ir pro inferno? eu preferia que você fosse criminoso, eu te apoiava e ainda trabalhava dia e noite pra levar cigarro pra você na cadeia; eu ia num adevogado e fazia das tripas coração pra te tirar da cadeia; fazia mesmo... pensa que é fácil pra mim falar isso? não é... e não vem me falar que nasceu assim não... que eu vi você nascer, você nasceu de dentro de mim, eu que senti as dor, e você não saiu com defeito nenhum de nascença. você tá afrontando Deus; ninguém ri da cara de Deus e fica vivo pra debochar. ninguém! se um dia você sair dessa casa com calça agarrada na bunda, eu te dou uma surra que você nunca vai esquecer; porque pra mim não tem idade pra filho apanhar, não! apanha de qualquer idade... daqui a pouco os homossexual vão querer lugar especial no ônibus pra sentar; olha o vexame: lugar reservado pra velho, grávida, mulher segurando criança e gordo. daqui a pouco os... também vão querer lugar. que desenho vão colocar de gente que faz essas coisas? no desenho dos aleijados tem uma pessoa faltando um pedaço da perna, no das grávida tem uma grávida, tem a mulher com uma criança no colo; no dos velho colocaram um velho descadeirado com uma bengala, os gordo nem tem ainda... e no dos viado, vai colocar o quê? me fala, vai colocar o quê? porque eu não consigo pensar. sabia que você vai queimar no caldeirão do capeta? que vai passar o resto dos seus dias na presença do rabudo? é isso que você quer? não foi pra isso que eu te criei. o bairro inteiro fala de você, seu imundo! falam coisa feia!... só quero saber, você andou fazendo imoralidade onde a gente mora? porque mangam da tua cara, falam por trás: é rosinha, é florzinha, é marica... de tudo que é nojeira e patifaria te chamam pelas costa. eu fico que não sei mais onde enfiar a cara. eu sei que a culpa é minha, eu não devia ficar mandando você lavar louça, ariar panela, dar lustro no chão; tinha que ter mandado você pra rua brincar com os moleque, brigar, dar porrada... é isso que bicho homem faz. sabe qual o meu maior medo? é receber notícia ruim, saber que alguém te maltratou, esse é o meu medo... você não presta, mas é meu filho, meu filho! olha pra você, já tá ficando com cara de mulher, tá com as feição de mulher... tá todo arrumado, claydimilson, tá pensando que vai sair? não vai, não, isso não é hora de gente decente sair de casa. isso é as pombagira de esquina te chamando pra sair; o pastor orou e disse que você tá com uma legião de vagabunda no corpo. o que é isso na sua cara? você se pintou? tá usando pintura na cara, seu infeliz? você não vai sair, não vai! nem que eu tenha que chamar a polícia pra me ajudar a te amarrar; se precisar eu te amarro, em nome de Jesus! te amarro e te dou uma surra, que filho meu não tem idade pra apanhar, não. às vezes entendo por que você demorou tanto pra andar, só engatinhava... já era o satanás te usando e te viciando em ficar de quatro. tá pensando que eu não vejo teu cotovelo e o teu joelho todo ralado? vejo, mas fico quieta. você tá rindo da minha cara? tá caçoando de mim, como caçoa de Deus? tá achando que sou os seus parceiros?... não sou, não, vou te entregar na mão de Deus, e da mão e do castigo de Deus ninguém foge, não. volta aqui, claydimilson! não me deixa falando sozinha; eu sou tua mãe! volta aqui, seu lazarento!... eu vou trancar a porta por dentro com um ferrolho, quero ver você entrar... vai dormir na rua, está me ouvindo? gosta da rua, vai dormir na rua! na rua!!

tira essa guia

agora que você chegou, eu vou dormir. eu sei que você vai falar que eu não preciso te esperar, mas enquanto você não chega, eu não durmo; não consigo, fico só pensando coisa ruim, tenho tanto medo. não vejo a hora da gente mudar pra outro lugar; não vejo a hora! eu tenho medo da maldade das pessoas, eu sei que todo mundo aqui te conhece e gosta de você, mas nunca se sabe o que passa na cabeça das pessoas... eu tenho mais medo da polícia do que das pessoas daqui! eu sei que você não leva desaforo pra casa; tem esse nariz em pé; e o povo acha que você é orgulhoso. a gente nunca sabe o que se passa no coração das pessoas... as pessoas têm muita maldade; ninguém aceita um menino sensível como você; as pessoas têm inveja: você é o único nesse lugar que estuda faculdade! ninguém gosta que os outros cresça, ninguém aceita! se você afundar e ficar na miséria, todo mundo aceita; mas quando você quer ir pra frente, tem sempre alguém que quer te dar uma rasteira. ser preto, pobre e fazer faculdade é igual a ser criminoso... eu tenho medo da polícia te parar e fazer alguma coisa ruim com você! eu não quero enterrar filho trabalhador: basta o que aconteceu com seu pai! e esses maldito não vão me fazer enterrar você, como eu tive que fazer com o pobre do teu pai!... fiz o omelete assado que você gosta. coloquei bastante fermento pra crescer e ficar fofo, tá no fogão, e a sua marmita tá na geladeira. eu vou dormir. toma cuidado também quando passar perto da igreja dos crente... já falei tantas vezes pra você tirar as guias quando andar na rua!... esconde essas guias. faz isso pra mim. ouvi dizer que, outro dia, uns crente bateram num pai de santo até matar. apedrejaram dizendo que ele era filho do demônio, que servia o capeta. agora está assim: as pessoas não podem mais ter religião; não pode acreditar em nada que eles não concorde, que vira esse fanatismo. às vezes penso que o mundo começou a voltar atrás e ninguém viu. daqui a pouco: volta a chibata, a senzala, a fogueira, os campo de concentração... volta tudo que não presta! eu tenho medo. não é fácil saber que um filho sensível, preto e pobre, saiu pra trabalhar e estudar, e volta essa hora da noite. agora virou moda esculachar quem é diferente. não sei onde eles acharam esse Deus, que manda fazer essas coisa. eu vou dormir: janta, toma banho e vai dormir também; você está com cara de cansado. Deus abençoe sua noite. reza antes de dormir.

julio césar

quando o julio césar me olhava com aquela cara de menino carente, eu sabia que ele queria me contar alguma coisa, mas eu nunca quis saber; no fundo, eu já sabia o que era, eu sabia, eu sempre soube, mas não queria ouvir. ele era tão grudado comigo que eu chegava a ter medo de acontecer alguma coisa com ele. quando ouvia que algum menino tinha apanhado na escola, meu coração acelerava, meu filho sempre foi bem-criado, nunca foi de briga. agora, quando ouço que algum moço sofreu violência, meu coração salta. ele vai ser sempre o meu menino, o menino que sentava no sofá e assistia à novela comigo, que chorava quando a mocinha sofria e que, quando o galã pegava a mocinha nos braços e beijava, a gente suspirava junto. meu menino cresceu, mas toda noite assiste à novela comigo. ele agora gosta mais das vilãs, mas os olhinhos dele ainda chovem quando vem aquela emoção boa.

...

quando minhas crianças eram pequenas eu comprava a barbie pras meninas e o ken pra ele, gostava de ver todos brincando juntos, ele adorava o ken... elas brincavam e deixavam tudo largado pela casa, destruíam todas as bonecas. ele sempre foi cuidadoso, os bonecos dele ainda estão tudo inteiro, dá gosto de ver, tudo arrumadinho no quarto dele.

...

minha filha mais velha se casou, quase não vem aqui, o marido dela não gosta de mim. a caçula também casou, mora no estrangeiro, faz mais de dez anos que não vejo nenhuma das duas. a última vez que consegui reunir todos eles foi na morte do meu marido. me ligam no dia das mães, me mandam presentes no natal, me colocam pra ouvir fogos no ano novo, mas estão longe. ele ficou comigo, cuida de mim, me paparica o tempo todo. me chama de rainha. pode ?

...

quando era pequeno, coloquei ele pra fazer esportes, ele não queria :

vai fazer sim... se tem uma coisa que jovens sensíveis como você têm que aprender desde cedo é correr, correr sempre. e ele corre, todos os finais de semana ele corre com os amigos no parque, nunca traz os amigos pra casa, e quando os amigos ligam, fica horas falando e rindo, é tão lindo, ele ri de tudo, fica feliz com as coisas mais bobas. o meu menino nasceu feliz.

...

outro dia, me levou pra dançar num clube da terceira idade que eu vou com as amigas. ficou o tempo todo cuidando de mim, parecia um namoradinho, fiquei toda orgulhosa, as meninas falando que ele era lindo, ele é lindo mesmo, se cuida, os dentes dele são um brinco, mais branco que vestido de noiva, parece artista de televisão, acho que qualquer hora eu vou ligar a televisão e ele vai aparecer.

...

ontem quando liguei a televisão, mais violência, dois rapazes foram espancados por uns ignorantes, meu coração veio na boca, rezei baixinho e pedi pra Deus guardar meu menino, até perco o sono quando vejo essas barbaridades, eu tenho tanto medo de alguém fazer mal pro meu júlio césar.

...

era duas da manhã quando o telefone tocou, gosto quando ele liga pra dizer que está tudo bem, ele sabe que eu durmo tarde, então liga pra ver se estou bem... mas não era ele, era de um hospital, corri pra lá, ele e um amigo foram espancados numa dessas avenidas que deviam ser policiadas, ele teve o crânio e o abdômen afundados e as clavículas trincadas. ficou três dias em coma. fiz promessa pra tudo que é santo, fiquei no hospital do lado da cama dele rezando dia e noite, mas Deus decidiu que meu menino era bom demais pra esse mundo e levou meu príncipe pra morar no céu. ele e o amigo foram morar com Deus.

...

acabei de deitar o corpo do meu menino embaixo da terra, agasalhei bastante, não sei se o caminho é longo e eu não quero que meu príncipe sinta frio.

...

a família do outro rapaz perguntou o que eu achava de enterrar os dois lado a lado, eu concordei. é sempre bom ter com quem conversar.

machinha

— que afobação é essa?

— uma menina acabou de ser estuprada dentro do banheiro da escola.

— em pleno dia de festa?

— exatamente.

— essa gente não respeita nem as comemorações, querem a todo custo manchar de vermelho os dias importantes. o senhor fez certo em me chamar, é melhor evitar um linchamento, o escândalo seria ainda maior. o animal que fez isso não pode ficar impune, estupradores me enojam. quem foi o monstro que fez isso?

— seu filho.

— que espécie de piada é essa? impossível, meu filho é bem-criado, jamais faria isso.

— vamos ter que chamar a polícia.

— mais alguém sabe?

— da equipe pedagógica, os dois professores que tiraram seu filho de cima da menina.

— chama esses professores aqui.

— infelizmente não é possível, não vou expor os meus profissionais nesse momento.

— mas quer expor o meu filho? quem foi a menina? com certeza ela se ofereceu, essas meninas fazem isso. meu filho é homem, perdeu a cabeça e fez burrada, coisas da idade, tudo tem uma explicação.

— essa não se ofereceu.

— e como o senhor pode ter certeza disso?

— o seu filho perseguia essa menina faz tempo... a bolsista, aquela com a qual seu filho implica.

— a que tem jeito de machinho?

— exatamente.

— menino corajoso esse meu filho, pegou a sapatãozinha e mandou ver. esse meu filho é mesmo macho, devia ganhar um troféu, um troféu. vamos ver se agora ela muda, garanto que muda, agora que sabe pra que serve, vira mulher... desculpa, foi uma brincadeira, mas que o menino foi corajoso, isso foi... nós vamos resolver isso, eu falo com a menina.

— a menina está guardada numa sala, a enfermeira de plantão está cuidando dela.

— o senhor envolveu uma enfermeira nessa história? esses malditos da saúde são cheios de falar em nome dos direitos humanos e da ética. me diga, que ética essa gente conhece? uns imbecis. e o meu filho ? meu filho está bem? eu quero ver meu filho.

— seu filho está guardado em uma outra sala.

— o que vocês fizeram com ele ?

— o seu filho não é vítima.

— eu sou pai, eu tenho direito de falar com meu filho.

...

— ninguém pode me tirar esse direito, eu quero saber se meu filho está bem.

...

— com certeza isso mexeu com o psicológico dele, eu quero falar com meu filho agora.

...

— eu exijo falar com meu filho.

— na hora certa.

— o senhor é mesmo um arrogante. teve a coragem de colocar meu filho, um menino, uma criança, em cárcere privado?

— para guardar a integridade física dele.

— quem cuida da integridade física do meu filho sou eu.

...

— a menina, a tal machinha, vamos falar com a mãe dela, eu e o senhor vamos falar com essa senhora, vamos resolver tudo, traz ela aqui... eu quero falar com ela.

...

— o senhor viu a mãe? senti vergonha por ela, veio pra uma comemoração importante como essa trajada de forma indecorosa, a mãe se veste como uma desclassificada, veio vestida de puta, e as outras filhas, viu as filhas? mesmo padrão da mãe, filha de puta, putinha é. a culpa é sua que colocou essa gente aqui dentro, se tocasse uma música de gueto, ia escandalizar as pessoas, com aqueles requebrados imorais que favelado gosta. essa gente não tem moral, a gente sempre lê alguma notícia de pai que se deita com filha, de irmão que estupra irmã, está na genética deles, eles... o senhor sabe do que estou falando, se não fosse o meu filho, seria outro, alguém tinha que mostrar pra essa menina que...

...

— meu filho é homem, o senhor também é homem, ou não é? é, não é? tenho certeza que sim, o senhor sabe do que estou falando.

— sou homem mas tenho respeito pelo próximo e tenho limites.

— limites, respeito, bláblábláblá, quer saber? isso me enoja, ladainha moralista vergonhosa. eu mesmo, quando era jovem, tive vontade de pegar uma menina que vivia de mãos dadas com outra e fazer virar mulher. não fiz, mas um colega fez, ninguém falou nada, a própria menina ficou calada, mudou de escola, veja só, mudou de escola. tinha vergonha na cara. essa aí, duvido, a mãe, a mãe é capaz de usar isso pra ganhar dinheiro, essa gente, vende a virgindade dos filhos, no nordeste mesmo, o senhor sabe que é verdade, o senhor sabe que isso acontece.

...

— tinha um viadinho no colégio que eu estudava, a gente vivia socando porrada nele, dentro do banheiro, na sala de aula, em qualquer lugar a gente dava porrada no viadinho, rosinha, o apelido dele, todos chamavam esse menino afeminado de rosinha. eu nunca, nunca, mas todos os meninos mijavam na bichinha, a bichinha sempre trazia um par de roupa limpa na bolsa, trocava de roupa e não reclamava. outros tempos, agora virou essa caça às bruxas, isso é imoral, um jovem não pode expor suas ideias, não pode ter opinião, a escola diz que cria mentes, forma o cidadão, dá autonomia, mas é tudo mentira, tudo hipocrisia.

...

— meu filho fez o que todo mundo tem vontade e não faz, meu filho é um herói, um mártir, é isso que meu filho é.

— aqui não toleramos esse tipo de coisas, o senhor está falando de um mundo, de um lugar que é terra de ninguém, mas aqui, aqui não.

...

— se o senhor não trouxer meu filho agora, eu vou chamar a polícia, eu fecho a sua escola, eu denuncio o senhor. o que o senhor está fazendo com meu filho é crime.

— acho que o senhor não está entendendo a gravidade da situação. se o senhor chamar a polícia, o seu filho sai direto daqui pra uma instituição, este país ainda tem leis.

— estou entendendo a sua jogada, o senhor quer ser o herói dos miseráveis, quer ser homenageado pelas sapatões e viados dessa cidade na próxima parada gay, é isso, mas não vai fazer isso às custas do meu filho. eu sei que o que meu menino fez pode não ser muito certo, mas é possível entender, é um pré-adolescente cheio de opinião, um pré-adolescente que... sei lá, o senhor é educador, conhece os meninos, adolescência, hormônios explodindo, ódio nos meios de comunicação, intolerância dentro da própria escola que insiste em formar cidadãos quadrados e padronizados. quem sabe se eu conversar com essa coisa que o senhor chama de menina com "a", com a mãe da aberraçãozinha, levar essa ... essa menina no médico, um bom médico, quando digo bom, estou falando bom mesmo, bom com "b" maiúsculo, o melhor médico que essa menina poderia ter, pagar psicólogo, um bom psicólogo, o melhor psicólogo que essa menina poderia ter, um psicólogo que pode curar essa menina desvirtuada, pensa, seria bom pra ambas as partes e evitaria um escândalo pra sua escola. eu vou beneficiar o senhor, pode ter certeza, coloco a sua feira de ciência, na primeira página de todos os jornais, pensa na mídia positiva, o senhor será visto como o novo mentor da educação, arrumo um jornalista que fale dessa menina brilhante como uma nova promessa do esporte, pago para exagerar nos adjetivos sobre essa nova descoberta, pra quem o senhor deu uma bolsa integral, integral, a sua escola vai ser vista como uma escola modelo, uma escola que privilegia as classes menos favorecidas.

...

— a pervertidinha, digo, a menina está muito machucada?

— infelizmente, sim.

...

— que merda é essa? o senhor está ouvindo essa sirene?

— alguém deve ter chamado a polícia.

— esses profissionais de merda que o senhor contrata, gente que não respeita a hierarquia, passaram por cima das suas ordens, ou até mesmo essa enfermeira, raça maldita, odeio essa gente da saúde, odeio essa gente da educação. se acontecer alguma coisa com o meu filho...

— seu filho?

— sim, meu filho, meu menino.

— estou preocupado com essa menina.

...

— que menina, o caralho. no fundo, o senhor está preocupado é com sua escola. quer saber? foda-se a sua escola, escolas não passam de um amontoado de tijolos, cimento e ferro velho retorcido, um monte de carteiras velhas com livros velhos ensinando coisas que acha que são novas, escola se constrói e se destrói todos os dias, a reputação de uma família, não.

— e o psicológico de uma criança?

— cabaço se reconstrói, essa menina nunca vai usar esse cabaço pra nada.

...

— eu posso falar com a polícia, tentar reverter essa situação.

— não. quem vai falar com a polícia sou eu, eu sou responsável por isso, responsável por essa menina, responsável pelo seu filho, responsável por essa escola e por tudo que acontece dentro dela, tudo, eu sou um educador, antes de tudo eu sou um educador.

— grande bosta, grande bosta.

menino homem

— primeira vez?

— meu pai me trouxe, me trouxe pra virar homem.

— virar homem?

— meu pai disse que, quando eu sair desse quarto, já vou ter virado homem, meu irmão virou homem assim, meu pai virou homem assim e eu também vou virar homem assim.

— você nunca fez?

— não.

— nada?

— nada.

— nem brincadeira com os coleguinhas?

...

— eu morava com a minha vó, ela morreu, meu pai disse que minha vó me deixou com jeito esquisito.

— menino criado por mulher é diferente, mas isso não significa nada.

— quando minha vó morreu, eu não chorei.

— um dia acaba chorando.

...

— e sua mãe?

— morreu na boa hora, que Deus a tenha.

— pela graça e glória do Senhor, que Deus a tenha.

...

— se você não quiser, não precisa, eu falo pro seu pai que você fez.

— eu tenho que fazer.

— quem disse?

— o padre, meu avô, meu irmão, meu pai, todo mundo disse.

— mas você gosta?

— não sei, nunca fiz, mas isso não tem importância.

— eu faço porque sou obrigada. por mim mesmo, não fazia, não gosto de fazer.

— então por que faz?

— porque não tenho escolha, tem uma hora que a gente não tem escolha. não dá pra falar que não vai fazer mais e parar de fazer de uma hora pra outra, não basta só não querer fazer.

— faz outra coisa.

— e vou viver de quê? quem você acha que vai me dar trabalho nesse lugar de cão? seu pai é que não é.

— alguém, alguém dá.

— alguém quem? aqui a gente vira as coisas que faz, pode ver, as pessoas têm o nome das coisas que faz, maria benzedeira, landinho dos teclados, olha teu pai, juraci do açougue, e depois que vira, não pode ser outra, eu sou davinha laceada, vou ser sempre a davinha laceada, a puta que aguenta tudo e mais um pouco.

...

— seu pai falou que você...

— ele falou que eu o quê?

— falou pra eu ver se você gostava da fruta, que se eu fizesse você gostar, me dava até mais dinheiro.

— ele falou isso?

— falou.

...

— você gosta?

— fala que eu gosto, fala pra ele que eu gosto. eu tô nervoso, só preciso me acalmar um pouco, mas eu gosto, gosto e vou fazer.

— se você não gosta, não faz. você não vai ser o primeiro e nem o último que não vai gostar. aqui mesmo, tem um monte que não gosta, vem aqui, senta, a gente conversa e sai com fama, eu mesma faço a fama de muito cabra aqui. se tem uma coisa que eu sei, é fazer fama de sujeito .

— eu tenho que gostar, eu tenho.

— quer colocar a mão pra ver como é?

— se não for incomodar.

— pode colocar.

— onde?

— aqui, bem aqui, isso mesmo, onde você está colocando mesmo, pode fazer o que quiser.

...

— é mole, meio molhada.

— você gosta?

— estranho.

...

— vou lavar a mão.

...

— ficou com nojo?

— é gosmenta, parece bofe, fígado de boi ...

— você não gosta.

— eu gosto, eu só não sei que gosto, preciso me acostumar.

— você sentiu alguma coisa?

— não sei, só isso que eu falei mesmo.

— seu pau subiu?

— não, meu pau só sobe quando penso coisas.

— pode pensar essas coisas que você pensa e que faz o seu pau subir, se quiser.

— eu tenho que ir logo, meu pai está lá fora esperando.

— aqui dentro, quem manda sou eu, seu pai pode esmurrar a porta, só entra se eu deixar.

— estou nervoso.

— não se preocupa, a gente só faz se você quiser.

— eu tenho que querer, meu pai está lá fora, ele quer que eu saia daqui virado homem.

— quer tentar pensar as coisas que você pensa e que faz seu pau subir?

— vamos fazer, eu tenho que fazer.

— não se preocupa, eu falo que você fez. falo que foi rápido e que depois você dormiu em cima de mim, dormiu em cima das minhas tetas.

— não sei.

...

— bonita sua camisola.

— quer vestir?

— não, só passar a mão no pano.

— macio, né.

...

— ele vai perguntar como foi.

— eu falo como tem que ser, e você repete pra ele, tudo que eu te falar.

...

— você tem que crescer e ir embora desse lugar, esse lugar não é pra você.

— quem disse?

— eu sei.

...

— quando sobe, o que você pensa?

— eu não penso sozinho, quando sobe, eu divido pensamento, quando sobe eu divido pensamento com o jurandir, filho do compadre do meu pai.

— cuidado, pensamento voa, e pensamento voar nesse lugar de pouco vento não é bom.

— no cerrado, não tem nem condição de pensamento voar, o pensamento fica parado, o pensamento é só nosso, meu e dele.

...

— o meu pensamento e o dele é quase igual, meio parecido, mas quase igual, às vezes meio diferente, mas bem igual, quer dizer, às vezes o contrário, e às vezes o mesmo.

...

— quantos anos você tem, menino?

— doze anos, eu tenho doze anos.

— e esse outro pensador, o Jurandir?

— tem dois a mais que eu, tem quatorze feito.

...

— aí, vai, vai, moleque gostoso, vai com tudo, isso mesmo, me faz mulher, vai, danadinho, enfia nesse chibiu, enfia com tudo, isso, lambe meus peitinhos, vai, machinho gostoso, isso, no buraco de trás também, seu guloso, vai, vai com tudo, ai, minha teta, não morde, seu porra, isso, gostoso, meleca a sua putinha.

— que desgraceira foi essa?

— você perdendo cabaço.

— pareceu até o pensamento de jurandir.

— mas não é. esse foi o meu pensamento que eu fiz ficar alto pra voar lá fora e alcançar teu pai.

academia

lugar de merda, só tem viado nessa porra, deviam colocar luz piscando logo e abrir dark room. a gente vem numa porra dessas e se sente o pior dos seres humanos, essas porras dessas bichas ficam olhando de cima a baixo e analisando, a porra do banheiro é uma caçação da porra, um monte de viadinho olhando pinto, tudo fiscal de rola. só venho nessa porra porque preciso. médico filho da puta, precisa alongar. alongar o quê? tudo está encurtando, tudo encurta, tudo encolhe, meu pau está encolhendo, meus ossos estão encurtando, minha memória está encurtando. já não lembro as coisas que eu lembrava. raiz quadrada, regra de três, tempos verbais, nada. dor da porra, parece que minha perna vai cair. aeróbica perde a barriga, perde nada, saio daqui com mais fome. não vou me disciplinar, não vou comer a cada três horas, vou comer na hora que me der vontade, e a minha vontade é comer agora, só não saio dessa merda e vou comer por causa do coração, do colesterol, da gordura acomodada anos e anos nesta barriga estranha. estou me afogando no meu próprio suor. cinco minutos. só aqui eu percebo que cinco minutos é uma eternidade, parece que estou há mil anos nessa merda, daqui a pouco a perna adormece de tanta dor, vou ser um caso raro de dormência por movimento. o meu saco está escorregando, preciso depilar o saco, não, depilar, não, depilar dói, vou passar uma gilete nos dois sentidos, ficar com o saco lisinho, vou parar de usar cueca frouxa. será que alguém vai perceber que não tenho mais as duas bolas? eu devia ter colocado uma bola de silicone, o médico falou que ficava natural, me dá vontade de mandar tirar a outra e colocar as duas de silicone. melhor tirar antes que esta outra também exploda. e se essa merda voltar? não quero pensar nisso. só oito minutos? oito minutos é mais do que a vida de algumas pessoas, acho que isso que é a eternidade, esse pedal pesado e pesando, pesando feito chumbo, eu vou desistir, foda-se a saúde. salve a barriga, salve a cerveja, a preguiça, o ócio, a larica, as lombrigas se mexendo e pedindo mais comida. e essa merda de música. putz putz putz, essa gente gritando de felicidade. cambada de masoquistas. isso aqui é uma teia maldita patrocinada pela mattel, essa empresa de merda que empurra barbie, ken, rambo e rabo inflado na cara da população. a cet, companhia de engenharia e tráfego deve ter emprestado o triângulo que serve de modelo pra esse monte de viados de ombros largos e pernas finas. eu vou cair dessa merda, vou escorregar no suor que está escorrendo pela minha bunda peluda. preciso usar um short de tactel que seca rápido. constrangedor levantar com um talho de suor dividindo a bunda, fica parecendo uma aspirina. instrutor de merda, precisa aquecer e alongar, primeiro aquece. aquecer o quê? meu corpo já é aquecido, meu corpo é responsável por todo o aquecimento global do planeta, a camada de ozônio fui eu que produzi com os gases que meu corpo emite, não tenho poros, tenho vulcões em erupção. pedal duro da porra, vou trazer óleo e colocar nesses pedais, óleo e gordura suína. vai virar uma meleca tão grande que esses pedais vão se soltar e escorregar até o tatame dos lutadores, vai acertar a cabeça de algum deles, nocaute, fim da luta. esses sádicos colocam essas merdas desses espelhos pra gente ver como a gente está mal e ficar dependente desse lugar. olha o viado gordo acelerando pra mostrar que é rápido, e as tetas balançando, esse viado tem teta, deve fazer espanhola esse puto, espanhola não, faz a união europeia inteira, com caminho tortuoso pra chechênia, viado tetudo da porra. quer aparecer, viado gordo? coloca tênis com led. puuuuta que o pariu, até a bicha velha de cabelo acaju está indo mais rápido que eu. o que adianta se esforçar tanto e depois desmaiar no banco preferencial? ela e esse boy a tiracolo que com certeza ela banca, um boy desses fica com ela por interesse. e quer parecer nova com essa bermudinha ridícula de surfista. alguém tem que avisar que isso não é pra idade ela. relaxa, maricona, eu também estou envelhecendo, estamos todos envelhecendo, envelhecendo e apodrecendo feito queijo gorgonzola, a diferença é que queijo gorgonzola quanto mais contaminado por fungos, quanto mais mofado e com aparência de podre, melhor. eu e você, não. a gente está velho e mofado e ninguém quer comer, só pagando. esse urso do caralho está me incomodando, um viado desse tamanho, com essa cara de macho e dando esses gritos de gazela, esse gordo só vem aqui por causa da cantina. vou fazer um abaixo-assinado pra proibir a entrada desse gordo afeminado aqui. maldito espelho, olha essa barriga grande, esses braços e essas pernas finas. estou ficando com formato de sapo, daqui a pouco vou coaxar. se concentra no exercício, everaldo, se concentra que você tem que ficar bem pro natal, pro ano novo, pro carnaval. daqui a pouco começa o indulto de natal, insulto de natal, somos todos reféns dessa merda, eu já sou refém, deve ter uma câmera filmando tudo, tenho medo que na hora que verem as imagens apareça meu saco com uma bola só, falo que fui furtado, a vida furtou minha bola, vou processar a vida, o estado. já me falaram pra tomar um copo de água quente em jejum. diminui a barriga, não tomo, não sou louco, se eu fosse fazer tudo que as pessoas falam, ficava louco, só conselhos inúteis, parece até mandinga de benzedeira: aipo acalma, gengibre emagrece, berinjela diminui o colesterol, beterraba é rica em ferro, tudo coisa com gosto ruim. nunca tem coisa boa nestas listas. vou fazer a porra de uma lista babadeira. bacon acalma, whisky relaxa, cocaína solta o intestino preso e emagrece, maconha abre o apetite, salame e azeitona sobe a pressão. bacon, azeitona, salame, whisky, cocaína e maconha. bacon, azeitona, salame, whisky, cocaína e maconha. bacon, azeitona, salame, whisky, cocaína e maconha. porra é um mantra. já pensou a academia inteira gritando? bacon, azeitona, salame, whisky, cocaína e maconha, bacon, azeitona, salame, whisky, cocaína e maconha. para essa porra desse putz putz putz, essa merda está tirando minha concentração. outro dia passou na tv que o assaltante creuzo foi rendido e preso, vai se foder, eu não quero ser assaltado por um bandido chamado creuzo. de mim não tira nada, não vou entregar meu celular e minha carteira pra um creuzo. com esse nome vai poder roubar no máximo botijão de gás e roupa de varal, creuzo não dá respeito. quem faz a trilha sonora dessa academia de bosta? funk, não, funk, não. devia pegar o filho da puta que inventou essa merda e colocar parado na linha vermelha servindo de alvo. porque não coloca abba, cindy lauper, madonna, george michael, cher? preciso passar na casa lotérica fazer uma fézinha, se eu ganho uma bolada importo um rifle f2000 da bélgica e saio matando todas as pintosas dessa cidade, boom, traaaaa, bang bang, cabum bum bum bum, mutirão mata geral, mutirão limpa-parada, começo por essa academia, jogo uma bomba aqui dentro e mato todos esses viados do caralho, começo por esse viado gordo sem noção. lá vem a bicha da herbalife, bicha chata da porra, vida saudável. quem quer vida saudável? eu quero bacon, bacon é vida, e esses botons chatos que ela usa: perca peso, magro pra sempre, cuide da sua pele, pergunte-me como. pra esse viado não está adiantando. esse lugar está virando uma rotina, rotina mata, os casamentos não terminam porque o amor termina, sem amor qualquer pessoa vive, mas com rotina a gente morre, as crianças aprendem isso, por isso jogam os brinquedos pro lado e já pegam outro, eu sou assim, quando me canso de uma coisa, já quero outra. quando me canso de um marido, já pego outro. com tudo eu sou assim, gosto de variar, quando comecei com a quimio comecei também o santo daime, os dois faziam vomitar, eu só não sabia se o vômito era da erva ou efeito da medicação. foi tudo tão de repente, a bola começou a inchar, inchar e explodiu, explodiu sem fazer barulho. a doença é silenciosa, a saúde não, a saúde grita, acho que é por isso que esse lugar é esse inferno, aqui até viado deficiente grita. nunca entendi deficiente em academia. outro dia essa bicha aleijada estava na boite, parecia que tinha pulga no rabo. fico pensando: esse viado vem aqui pra quê? fortalecer o braço? rapidez na cadeira? se essa bicha aleijada subir nessa bike e for mais rápida que eu, eu grito milagre e me suicido com a corrente do pedal. templo de medo do caralho, o dono desse lugar ganha dinheiro por causa do medo das pessoas, todo mundo aqui dentro é movido pelo medo, todos têm medo, por isso que se matam nessa merda, medo de envelhecer ruim, medo de nem envelhecer, medo de não conseguir pagar por essa tortura amanhã, medo de ter que pagar por essa merda a vida toda, medo do que vai acontecer depois que apertar o maldito botão confirma, medo de daqui a pouco não poder mais apertar o confirma. o que eu estou fazendo aqui? esse não é o meu lugar, eu não tenho lugar nesse templo de viados marombeiros. com certeza. eles me olham e dizem que meu lugar não é aqui, por isso eu só tomo banho em casa, não quero ninguém olhando minha barriga branca, minhas pernas e meus braços finos. eles me olham com pena, eu sei. eles têm pena dos velhos, dos gordos e dos aleijados. em todos os lugares separam tudo. ônibus, trens, metrôs e filas se tornaram um grande gueto legalizado. estamos separando tudo com apoio da lei, igrejas inclusivas, ortodoxas, apostólicas, paradas disso protestando contra aquilo, paradas daquilo protestando contra isso, você pode, você não pode, isso é pra você, isso não é, você pode usar isso, você não pode, roupa de academia, roupa de festa, calça que acentua o pau, calça pra fazer buceta, vestido pra ser estuprada no ônibus. eu tenho medo, porque eu também estou me tornando um lixo preconceituoso de direita, se as coisas continuarem como estão... olha os fortinhos chegando todos juntos, tudo garoto de programa. it's raining men, hallelujah, it's raining men, hallelujah. caralho, e eles vêm justo do meu lado pra me fazer perder a concentração, eles fazem isso de propósito, mas eu não vou olhar, vou focar em outras coisas, não vou olhar, eu não consigo, preciso bloquear pensamentos, puta bunda, malão da porra, vou ter uma ereção monstruosa nessa porra dessa bike. vou pensar em outra coisa, cadê o viado gordo? cadê a bicha velha e seu boy? cadê a bicha pintosa da herbalife? não vou olhar, vou me concentrar em dívidas, relaxa, preciso relaxar, ficar concentrado, mais concentrado que extrato de tomate. vou deixar minha mente zerada, vou focar nessa música de merda, putz, putz, putz, it's raining men, hallelujah. olha a bicha feia com corpão que me mandou mensagem no aplicativo, ela não sabe quem eu sou, eu sei quem ela é, mandou foto de cu aberto, viado nojento, ainda coloca passivo pauzudo, se manca, passivo pauzudo serve pra quê? passivo pauzudo é igual feriado em final de semana, não serve pra nada. agora só falta um minuto, vou fazer contagem regressiva, um minuto pode ser uma eternidade, vai terminar, minhas pernas não aguentam mais, mas eu ainda tinha tanta coisa pra pensar. fui uma vez num festival do minuto, os filmes só duravam um minuto e pareciam que nunca iam acabar, comercial de tv dura trinta segundos, 29, 28 27... não vou contar, não sou retardado, 17, 16, 15, não vou contar, 9, 8, 7, 6, merda, isso até parece contagem de ano novo.

perfil

não vai rolar. você não é o que tava na foto, eu coloquei no meu perfil que não curtia velho. porra, gente igual a você tem que ser abolido do aplicativo.

...

eu até tinha gostado de você, tem um papo bom, papo cabeça, eu devia ter sacado pelas coisas que você falou... nem faz essa cara, não sou o primeiro que não quer, você deve ter levado um monte de não por causa da sua idade. a foto que você mandou deve ter sido quando você era novo. eu não tenho problema com gente velha, já namorei caras mais velhos, meu último namorado mesmo, era velho, tinha uns 35 anos, mas ele se cuidava.

...

não gosto de barriga, eu coloquei que eu não curtia, gordo não me dá tesão, não que você seja, você é magro, mas tem essa barriga de pai de família que mata, barriga de cara acomodado, eu tô falando isso de boa, tô falando pro teu bem.

...

eu sei que você deve ter levado muito não, muita porta na cara, você nem é tão tiozinho, tem que se cuidar, ainda dá tempo de você se cuidar, eu conheço uns caras da sua idade que têm a barriga trincada, você é cheiroso e tal, quando você abriu a porta, eu senti o seu perfume, fiquei até com tesão, gosto de cara cheiroso, inteligente, você me ganhou pela conversa.

...

eu não gosto de perder tempo, sou muito prático, curto chegar, fazer o que tem que fazer e cair fora, igual tá no meu perfil, sem mimimi, não preciso nem saber o nome do cara. nome pra quê? é sexo pelo sexo, não é romance. não tenho preconceito. questão de gosto e tesão mesmo.

...

tô até pensando em cancelar esse aplicativo, tô começando a achar que eu é que não faço o perfil de lá, eu recebo trocentas mensagens por dia, os caras devem achar que eu tenho cara de puto, entro naquela porra e já vem um monte de escroto me chamando pra transar, às vezes até vou, mas tenho limites, não transo com qualquer um, seleciono, não transo mesmo, só quando tô com muito tesão, hoje mesmo eu tava, eu fui honesto com você, o meu perfil é completo, é um perfil honesto, minha idade está lá, 26 anos, minha preferência sexual, também tá lá, e mesmo assim ainda tem uns passivo do caralho me mandando foto de bunda, tenho ódio de passivo sem noção, já bloqueio. problema é esse bairro, só tem passivo. passivo é foda, passivo é uma racinha insistente do caralho.

...

outro dia veio um afeminado puxar conversa comigo, disse que era ativo, nem fodendo que eu vou sair com uma porra daquela, eu prefiro sair com uma mulher, ainda ficou perturbando, começou mandando foto do pau, eu quase caí, desperdício, um pauzão daquele num afeminado, denunciei, o aplicativo excluiu, depois voltou com outro perfil e me xingou, bloqueei, não tenho que dar ouvidos a viado afeminado, não curto, não tenho tesão, eu coloquei lá que só curto cara discreto, afeminado nem pra amizade serve, tô fora, tenho nojo... não é preconceito, é tesão.

...

desculpa desabafar com você, você parece gente boa, eu até transaria com você se você não fosse tão velho, não olha com essa cara, eu não sou o primeiro que fala não pra você, com certeza teve outros, estou só sendo honesto.

...

bom é isso.

...

aquele nuds é seu mesmo ou é fake?

...

pra não perder a viagem e pra não te deixar mal, vou entrar, mas é só isso, só essa vez. de boa pra você? a gente já tá aqui mesmo, né.

...

valeu, foi bom. vou nessa.

...

tem como você chamar um carro pra mim? tô sem aplicativo.

cheio de ódio

tá com essa cara por que, neguinho? tá em choque? tava esperando o quê? um negão chapado, cara de doido, com um fuzil na mão e uma semiautomática na cintura? dançou, neguinho, encontrou um viado pintoso, é isso aí, neguinho, viado tá em todo lugar, viado não deita, eu não deito, meu nome é perigo. falaram o que de mim? não falaram? pois é, tem uns que falam mas ficam quietos e abaixam a cabeça pra mim, pois é, abaixam a cabeça pra essa biba aqui.

...

dá pra ver tua cara de perplexo. não achou que eu era tão viado? neguinho, pra você não ter dúvida, vou te falar com todas as letras, quem manda no tráfico da quebrada é uma bicha, um viado, isso aí, um viado, mas não é qualquer viado, um viado cheio de ódio, um viado sangue no zóio. pergunta pra senhora tua mãe, pode perguntar como eu era, ela sabe, ela me conheceu erezinho, eu era um moleque fodido, pegava lixo com a minha coroa, uma neguinha igual eu e você, filha de índio com preto, parda, cafuza, mameluca, nem ela mesma sabia o que ela era, era confusa, era a melhor amiga da sua mãe, comadres, unha e carne, viviam coladas. sabe o aterro que tem depois da linha de trem? tua mãe e minha velha trabalhavam lá, eu ia junto, a gente pegava o que podia pra vender, eu era pirralho, tinha vergonha, mesmo assim me jogava. me cortei muito em caco de vidro, vi minha velha e a tua se cortar várias vezes catando lixo naquela merda pra poder sobreviver, eu saía de lá com cheiro de lixo e ódio, neguinho, cheio de ódio no coração.

...

sua coroa sabe como eu era, ela me conhecia, eu era um pivete feio, orelhudo, magricela que baixava a cabeça pra qualquer arrombado. continuo sendo feio e magricela, mas agora minha cabeça não baixa mais. e sabe por que não baixa? agora eu sou uma bicha poderosa, continuo feia, mas poderosa, muito ódio nesse meu coração, e com ódio ninguém pode, ódio tem poder, o ódio é mais poderoso que o amor, pode ter certeza, neguinho, sem ódio ninguém chega a lugar nenhum. agora sou eu que mando na bocada, mando, coloco disciplina, faço o que eu quiser, eu posso. eu sou rica!

...

vem os maluco que nem você e acha que eu não posso, mas eu posso, posso, sim, posso muito.

...

não gosto quando um boyzinho preconceituoso igual a você chega na arrogância, comigo tem que ser humilde, tem que chegar no sapatinho, na maciola, quem quer crescer no crime tem que ser humilde, com esse nariz empinado você não chega a lugar nenhum.

...

comecei por baixo, bem por baixo, comecei de olheiro, nem tinha o perfil pro crime, ninguém botava fé em mim, mas como eu não levantava suspeita, fui ficando, ficando e fiquei. achavam que a bichinha afeminada ia desistir ou morrer logo, mas olha eu aqui, viva. fui tudo: fogueteiro, olheiro, avião, vapor, soldado, responsável pelas armas, gerente do branco, gerente do preto, gerente-geral e hoje eu sou a dona do morro, neguinho. já troquei muito tiro com alibã filho da puta. o baguio é doido, neguinho.

...

olha pra mim, continuo feio, dentuço, orelhudo e magrela, uma bicha feia da porra, mas sou a patroa. sou patroa, neguinho, sou a patroa.

...

e aí, neguinho, vai ficar?

...

a gerente é a camila, meu braço direito, e antes que você pergunte e fale merda, a camila é trans, operada, meu bem. mas é muito mais macho que muito macho que tem aqui, e se fizer piada de mau gosto com ela, vai se acertar comigo, te mando pra casa do caraio com um teco na testa, não é ameaça, só aviso. tá olhando o quê? tá achando que não te mando falar com o capeta? pergunta pra quem você quiser. sabe aquela escola que tem lá em cima do morro? o lixinho? todo mundo aqui lembra quando a porra da escola pegou fogo, fui eu, eu já era ruim, agora tô pior, euzinha aqui, queria causar, queria respeito, coloquei fogo na escola. virei heroína dos vagabundos que não queriam estudar, quem não tinha respeito por mim começou a ter. só que eu era uma bichinha burra e deixei rabo, fui cumprir medida, paguei veneno na instituição, os menor sentiam fraqueza na minha pessoa e me faziam segurar o b.o. de todos os perrecos. eu segurava. apanhei de chico doce, levei tapa na cara, esculacho, aguentei, sobrevivi.

...

olha como o mundo é pequeno, na instituição cruzei com a professora célia, era uma filha da puta, pegava no meu pé mas gostava de mim. encontrei com ela outro dia no mercado, me reconheceu, ficou me olhando, eu fiquei olhando pra ela também, me deu uma vontade da porra de abraçar aquela loucona e agradecer, mas não consegui. foi ela que me ensinou a ler e escrever, infernizava minha vida, mas me ensinou. eu era o cão com ela na escola, mas lá me revi, obrigado, senhora, com licença, senhora, mesmo ela continuando a pegar no meu pé. quando saí, risquei a porra do carro dela com prego, fiz estrago, fiz por maldade, eu era emocionado. me arrependi. ela sabia que tinha sido eu mas não podia provar. tenho vontade de chegar pra ela e falar assim: obrigado, professora célia, obrigado e desculpa pelos perrecos. juro que tenho, mas não consigo.

...

fiquei devendo um trabalho pra ela, tenho vontade de fazer e entregar, vontade de entregar e pedir pra ela me dar nota, tenho mesmo, o trabalho é um projeto de vida, veja só, neguinho, a professora célia me pediu um projeto de vida, um projeto de vida quando eu estava na instituição. ela sabia a merda de vida que eu tinha, sabia que eu era uma bichinha fodida que vivia do que catava no lixão, a filha da puta sabia que eu era uma bichinha gongada, sabia que eu não tinha destino e mesmo assim me pediu um projeto de vida, fico me perguntando o que ela tinha na cabeça pra me pedir um projeto de vida, mas pediu. louco, né, neguinho, ela me pediu um projeto de vida. eu ia escrever o quê? quero uma vida diferente, quero morrer e nascer de novo, ser bonito, não quero ser viado, me livrar dessa santíssima trindade de preconceitos que me acompanham. quero ser bandida, quero ter todos os boys aos meus pés, quero ser temida, quero andar nos panos, corte na régua, ter todas as drogas que quiser, matar gambé. às vezes fico pensando que ela acreditava em mim, sei lá, com certeza acreditava, essas mulher que dá aula são foda, elas te vê ali, todo fodido, e mesmo assim, acreditam, aquela filha da puta acreditava em mim.

...

nem devia tá te falando tudo isso, mas é que quando vejo um moleque perdido que nem você querendo ser meu funcionário me sinto na obrigação ética de mandar a real, e a real é essa, neguinho, o baguio é foda. quem entra nessa merda de vida entra sabendo que pode cruzar com o capeta a qualquer instante, que na próxima esquina você pode ter um encontro com um alibã que não vai ter pena de você, e aí é caixão e vela preta.

...

tenho gratidão pela tua coroa, neguinho, gratidão mesmo, sua coroa me deu muito angu com pescoço de frango quando minha coroa foi morar com Deus, quando eu tava com fome, tempero bom da porra, muito coentro e pimenta pra fazer a vida ter graça. eu adorava coentro, sua coroa me dizia, coentro é de Oxalá, erva morna, vai te dar equilíbrio. sua coroa é visão, maior respeito.

...

sua coroa falou que eu era filho de Oxalá, e que filho de Oxalá não devia comer pimenta. pois é, comi e continuo comendo, deu no que deu, azedou o caldo, deu ruim, coloquei dendê no azeite.

...

você estuda, neguinho?

...

os maluco que trabalha pra mim tem que estudar. no lixinho? já teve aula com a professora célia? sabe tudo aquela lá, vai aprender muito com ela, neguinho, parece que não, mas aprendi. tenho um livro que eu leio sempre, roubei da bolsa dela, se quiser, te empresto.

...

livro bom, o príncipe, livro de político.

...

tá rindo de quê, neguinho? esperava que eu lesse o quê, sabrina, julia, bianca, o pequeno príncipe? tenho vocação pra miss, mas não sou. ficou melhor assim, rindo, e sem o olhar de arrogância, bem melhor, até mostrou os dentes. você vai longe, neguinho, você aprende rápido.

...

começa quando, neguinho? tua coroa sabe que você está aqui? só vou te aceitar depois de falar com ela. quando? meus sentimentos, sinto muito, também entrei nessa vida depois que a minha foi morar com Deus. eu vou ser tua mãe agora, neguinho, tua mãe cuidou de mim, agora é minha vez, pode ficar. só tem uma condição, neguinho, vai ter que continuar a estudar.

...

isso é uma filosofia minha, neguinho. eu também sou mente pensante. adquire esse conhecimento aí, pega a visão da mona cá. crime é igual ser viado, ninguém deixa de ser viado, e ninguém sai do crime, pegou? mas vai que uma hora você queira sair. vai ter estudo. entendeu, neguinho? tô falando isso por respeito a tua coroa. bate aqui, neguinho.

...

o que foi, doeu? sou viado mas bato feito macho.

restos

essa não é a minha vida, essa não pode ser a minha vida, mas essa é a minha vida. essa mulher, essas crianças, esse cheiro de omelete, nada disso sou eu. só esse deserto, essa guerra, essa tempestade. tudo isso acaba sendo meu, porque já está impregnado na minha pele. todo dia é assim, é sempre assim, daqui a pouco começa tudo de novo, daqui a pouco nós vamos sentar, as panelas serão colocadas na mesa, a comida vai saltar para cada um dos pratos, vamos rezar o Pai-nosso ou qualquer outra prece rápida e decorada, e então vamos triturar lentamente cada garfada para não ter que ouvir mais uma vez ela dizer que estômago não tem dente, como sempre, ela servirá gelatina e vai dizer que colágeno faz bem pra pele. então vou colocar as duas crianças pra dormir no beliche, a maior na parte de cima e a menor na parte de baixo, vou apagar a luz, fechar a porta e ver com ela algum programa de entrevistas, ela gosta de programa de entrevistas, ela passaria a eternidade vendo programa de entrevistas e se surpreendendo com a rotina alheia. essa vida é a minha vida, e só isso, ou quase isso, que é a minha vida quando entro na casa dela, na casa que é mais dela do que minha, porque eu decidi isso, porque ela fala isso, porque é isso, o tempo todo é isso, as pessoas na tela falando, ela falando, essa luz azulada, esse controle remoto entre nós dois. pela janela, vejo vaga-lumes, seus rabos piscantes e, quando bater o vento, vai entrar por alguma fresta o cheiro de todas as damas-da-noite que enfeitam e perfumam os quintais vizinhos. quando for meia-noite ou quase meia-noite, vou olhar para ela, ter a mesma sensação de sempre, que estou com uma desconhecida na cama, uma estranha em quem brutalmente fiz dois filhos, e então dizer que estou com sono. ela vai sugerir que quer fazer amor, mas como uma fêmea temperamental e acuada, direi impostando minha voz de macho que estou com sono, ela vai me perguntar se eu não me importo que ela fique vendo seus programas de entrevistas, vou dizer que não, porque sempre digo não, digo não automaticamente, digo não sem nem saber por que digo, só digo não, porque esse não parece um sim, cansei de dizer sins. a vida inteira foi assim, eu dizendo sim, sins, e todos os meus sins se debatendo, todos esses sins, me mostrando afrontosamente que sou um covarde, o covarde do sim. então vou dormir, ou fazer de conta que vou dormir, na verdade, nunca durmo, viro pro lado oposto ao dela, fecho os olhos e fico esperando o sono vir até a tv ser desligada, até ela me beijar a bochecha, dizer boa noite pro meu corpo morto, fazer mais uma oração rápida e decorada e também dormir. amanhã, quando acordar, ela já estará pronta, o café estará pronto, o beijo de bom dia estará pronto, a comida do meu almoço estará pronta e posta no mesmo lugar de sempre. a porta vai abrir, ela vai até a porta, vai me dar mais um beijo, eu vou sair, vou abrir o portão, depois a porta do carro, vou entrar no carro, fechar a porta do carro, sair com o carro, fechar o portão, vou olhar pra porta de casa, ela vai me acenar com a mão mexendo apenas os dedos indicador e médio da mão esquerda, vai fechar a porta e eu sei que lá dentro vai seguir a mesma rotina de sempre, ela gosta de rotina. vai acordar as crianças, vestir as crianças, dar café, colocar o lanche de cada uma no mesmo lugar de sempre, vai deixar a maior na escola que tem a duas quadras de casa, e a menor na creche onde ela trabalha, eu já terei dado partida no carro, e já terei passado algumas lombadas, vou parar a muitos quarteirões à frente do prédio dele, ele já estará esperando, ele vai abrir a porta do carro, entrar, fechar a porta do carro, eu vou perguntar se na casa dele não tem geladeira, então ele vai sorrir, porque ele sempre sorri, e eu vou ficar calado, porque o sorriso dele é capaz de florir o deserto, acalmar tempestades e findar uma guerra, e ele vai dizer que eu falo sempre a mesma coisa, depois ele vai me dar um beijo estalado, e o mundo inteiro vai ouvir o beijo dele. vou olhar fixamente pra ele e pensar como ele está lindo, vou repetir baixinho pra mim que esta podia ser a minha vida, e que esta talvez seja a minha vida, que esta é uma parte da minha vida, porque eu vou estar um pouco feliz, porque eu sempre estou feliz quando estou do lado dele, e isso vai fazer com que eu me sinta culpado, porque vou pensar nela me acenando com a mão esquerda parada à porta, no beijo pronto, no café pronto, nas crianças no beliche, uma na parte de cima e outra na parte de baixo, vou pensar no meu sim se debatendo ao encontrar o sim dela, naquele dia em que eu achei que podia fugir de mim mesmo, e vou me sentir ainda mais culpado, porque sempre me sinto culpado, porque eu sou culpado, porque já me acostumei a ser culpado.

vergonha

não é com vocês, vocês estão certos, vocês não conhecem a palavra de Deus, quem é perdido tem que se divertir mesmo, vocês são do mundo, mas ele não, ele é batizado, ele foi selado com a promessa do Espírito Santo, ele é safado, vive afrontando o Senhor com o pecado dele, eu sempre soube dessa imundície dele, quando ele conheceu essa coitada, eu disse pra ele: fala com o pastor, o pastor vai te orientar, aí ele casou com a infeliz, teve um filho com essa burra, e agora separou dela e voltou pra esbórnia, eu sabia que não ia dar certo, não deu, ele esperou só uma oportunidade, e voltou pra baderna, ele deve achar isso bonito, não é, eu tenho vergonha das indecências dele, pra mim é humilhação ouvir as pessoas falando que ele se separou da mulher pra morar sozinho e encher a casa de macho, o portão da casa dele parece catraca de ônibus, é um entra e sai de homem que dá nojo. eu não apoio isso, é meu filho, mas não apoio, tenho vergonha, já entreguei esse descarado na mão de Deus.

de tudo que ele já fez, de toda lama que ele chafurdou, essa foi a pior. vocês acham isso certo? olha ali, aquela senhora é minha mãe, avó dele. ela tem 89 anos, é uma senhora idosa. estão vendo aquelas três ali com a roupa do mesmo pano? são minhas irmãs, todas são servas de Deus. aquele aleijado na cadeira de rodas com a boca torta de derrame é o pai dele, meu marido. a pessoa quando passa muito nervoso, quando passa por desilusão, uma hora ou outra, o coração não aguenta, o do pai dele não aguentou. vocês acham que o coitado do pai dele, aquele miserável com a boca torta na cadeira de rodas, merece isso? se acham que merece, peguem uma faca e já enfiem no coração dele, ele já está morrendo mesmo.

hoje é o aniversário do filho dele, filho, coisa sagrada. eu não ia vir, ninguém ia vir, mas o inocente do menino pediu, ninguém conseguiu falar não pro coitadinho, a gente chega aqui e vê o quê? não estou falando de vocês, estou falando daquele amaldiçoado ali que divide a cama como marido e mulher com ele, o meu filho. daquela mariquinha que não desgruda dele. aquele servo do satanás que vem pra cá até quando o inocente do filho dele está aqui, pois é, ele não respeita o próprio filho, traz macho pra cá quando o filho está em casa. aquilo é lixo humano. ele teve a coragem de colocar essa blasfêmia pra dormir na mesma cama que ele e o filho, fala pra mim, você que é mais comportado, isso é atitude de gente?

ele é a vergonha da nossa família, ele é a desgraça da nossa família, eu já tinha falado pra ele: enquanto você continuar nessa vida imunda que você escolheu, esquece que tem uma mãe, esquece que tem um pai, esquece a gente, ele acha que é fácil pra uma serva de Deus ouvir na casa do Senhor que o ventre dela é imundo porque o ventre dela expeliu um sodomita, não é, eu tenho nojo de mim, tenho nojo, só de saber que ele saiu de dentro de mim, eu tenho nojo.

acho que é por isso que eu tive câncer no útero. esse câncer de útero que eu tive, o responsável foi ele, ele contaminou o meu útero com o pecado dele. mas pela glória e graça do Senhor, tirei esse órgão, que ficou imundo, do meu corpo.

eu só vim por causa do meu neto, todo mundo aqui veio por causa do menino, uma criança, o menino pediu, implorou: vai vó, o pai vai fazer uma festinha de aniversário pra mim, meu coração doeu. por mim, nunca mais colocava meu pé aqui, mas não consegui falar não pro meu neto, não consegui.

mas fiquem em paz, não quero estragar a festa de ninguém. não vim aqui pra isso, eu vou embora, e quem da minha família tiver vergonha, que me acompanhe, quem tiver vergonha na cara, que me acompanhe. quem for conivente com isso, que fique, mas eu vou deixar bem claro que vou achar um desaforo, uma afronta, uma afronta a mim e a Deus, quem ficar. eu tenho certeza de que a mãe do meu neto, que também é uma serva temente a Deus, não vai permitir que o menino fique, não vai partilhar dessa nojeira, tenho certeza de que vai levar o menino embora.

...

eu sei que é cedo, que nem chegou todo mundo ainda, e a festa está só começando, e como eu não quero decepcionar o meu neto, eu sugiro que a gente cante logo os parabéns, o menino sopre a velinha, corte o bolo e a gente vá embora. a família da criança vai embora pra vocês poderem se divertir, e não se preocupem, eu vou ficar na porta avisando os meus parentes, que são todos servos de Deus, pra não entrar e não ver a indecência que está acontecendo aqui, não se preocupem, fiquem. queimem no fogo do inferno, chafurdem no caldeirão do capeta, façam o que quiserem, ninguém vai entrar, eu não vou deixar, não vai entrar ninguém, porque ninguém quer queimar no fogo do inferno, ninguém quer queimar nas labaredas do satanás, quero deixar bem claro que não tenho nada contra vocês, o problema é com ele, com ele e com aquele imundo que divide a cama maritalmente com ele, vocês escolheram isso, escolheram ser assim, que sejam, é o livre-arbítrio, as mães de vocês que cuide de vocês, as mães de vocês que sintam vergonha, eu falo do meu filho, fiquem, se divirtam, bebam, façam as nojeiras de vocês, quem vai sair somos nós, a família do inocente que está fazendo aniversário, a família do dono da casa é quem vai sair.

...

quem for servo de Deus, quem tiver vergonha na cara, canta comigo, pra gente homenagear meu neto, cortar o bolo e ir embora, alguém acende a vela, vem cá, luquinha, fica do lado da vovó, alguém pega uma cadeira pro menino subir, cadê a mãe dele? vem, soninha, vem aqui com o teu filho, todo mundo comigo: parabéns pra você, nesta data querida...

é surda?

é surda, porra? não ouviu que eu mandei encostar, bichona? depois que leva umas bordoadas acha que a polícia exagera. claro que a gente tem que exagerar, essas porra agora acha que pode tudo? tá vindo de onde, viado? curso técnico? contabilidade? sei. para de cão, bichona. uma porra igual a você vai fazer contabilidade pra aprender o que, calcular tamanho de rola de macho? tem passagem pelo sistema, viadinho? é trabalhador, olha aí, rapaziada, o viado é trabalhador, ouviram a voz de gralha da mocinha? trabalhador o caralho, eu conheço a sua laia, vocês arrumam um trabalhinho de merda pra ter álibi e depois vão tudo rodar bolsa na esquina e roubar pai de família.

...

dá a porra do documento. o documento é seu, viado? olha aí, rapaziada, o projeto de travesti é menor, daqui a pouco diz que vai chamar os direitos humanos, vai falar que é protegido pelo eca. quero que o eca e os direitos humanos se fodam, se eu quiser, eu te apago aqui mesmo, quero ver quem é o arrombado dos direitos humanos que vai brigar pela porra da tua carniça.

...

tá vindo da escola e rebolando feito vadia nessa rua escura aqui pra quê? tentar pegar um coitado de um pai de família e passar doença? solta a voz, porra, para de chorar e fala, viado do caralho, quero ouvir a merda que vai sair da sua boca de chupadora de rola.

...

cala a boca, encosta na parede, levanta os braços, abre bem as pernas e dá essa porra dessa mochila aqui.

...

cala a porra da boca, que esse resmunguinho de viado está me incomodando, cala a porra da boca, senão eu enfio o cacetete no seu rabo, viado.

...

trans... trans o caralho, tudo agora é trans, gordura trans, alface trans, legume trans, salada trans, homem trans, mulher trans, transamazônica, trans a puta que pariu.

...

derruba essa bicha aí que eu não tô a fim de esquentar minha cabeça hoje, não, deixa aí mesmo, amanhã alguém acha essa desova. tô de saco cheio desses viado, cambada de lixo.

boteco

ninguém vai falar nada? ninguém vai fazer nada? é isso mesmo, produção? é fácil ficar em silêncio, né, claro, só um viado, ele que se defenda, podem ficar de boa, todo mundo pode ficar de boa e voltar pra casa com a consciência tranquila, já me acostumei com esse silêncio, ser olhado feito bicho, sempre foi assim, todo dia é assim, em todo lugar é assim, da hora em que eu entro no primeiro ônibus pra trabalhar até o último na volta pra casa, é assim. com meus irmãos era assim, com meu padrasto era assim, primos, tios, até com minha mãe era assim, foi assim desde sempre, desde quando eu nem sabia que já era gente. insulto não me destrói, não, precisa de muito mais pra me fazer cair.

...

pra algumas coisas eu sirvo, ouvir, dar conselho, arrumar cabelo desgracentro de perua, pagar bebida. no dia de pagamento, os macho dessa espelunca me cumprimentam, falam meu nome, tem alguns que até beijam minha mão como se eu fosse rainha, até de senhorita e de gostosa me chamam, e desce cachaça, e desce cerveja, desce porção disso, daquilo, tudo na conta da bicha.

...

quando o aqué acaba, esquecem que sou gente, é xingo, risadinha, piada infame.

...

quem esse lixo acha que é pra me cuspir na cara? não é macho? vem me enfrentar, vem. não gritou pelos quatro canto que gosta de buceta? vem que eu faço uma buceta na sua cara, seu desgraçado, tá achando o quê?

...

viado não é bagunça, não.

...

se quiserem, podem ligar pra polícia, estão esperando o quê? liga, pode ligar, liga e fala que tem uma bicha louca armada com uma garrafa quebrada ameaçando um sujeito macho que cuspiu na cara dela, chamem quem quiserem, vou enfrentar a porra da polícia também. acham que eu tenho medo de alibã? tenho, mas não deito, o que eles têm no meio das pernas, eu também tenho.

...

tenho medo de sair daqui algemada, sim. viver numa jaula feito animal, na minha infância já era assim, meu pai me prendia e me dava na cara, depois foi meu padrasto, a mando da minha mãe. minha mãe me prendia e me dava no lombo, eu mesma me prendi muito tempo, não vou me prender mais, nunca mais, a chave do meu respeito é essa aqui, um caco de vidro, as pessoas agora vão ter que aprender a me respeitar.

...

não sou a única aqui, não, tem um monte aí, escondido atrás das garrafas de cerveja, pensando: não me meto, não me envolvo, não vou defender um viado pintoso, essa bicha é queimação de filme. um monte aí pensando: vergonha desse viado, eu tenho classe. classe o caralho, se esconder não é ter classe, é ser covarde, ninguém respeita quem fica calado, as pessoas só ouvem quando a gente grita, elas só param de gritar quando a gente fala mais alto, quando a gente grita mais alto.

...

quero ver quem mais vai me cuspir na cara, quero ver quem é que vai se dirigir a minha pessoa usando inho e inha, viadinho o caralho, bichinha o caralho, cansei.

...

tem uma hora em que a gente cansa, tem uma hora em que a gente olha essa bosta de vida e fala: basta, eu cansei, cansei de me calar, eu podia ter gritado antes, eu podia ter esperneado antes, eu podia ter ficado louca antes, mas não conseguia. nem conseguia e nem me deixavam, eu não sabia que eu podia, mas agora, agora cansei, cansei de não ser gente, de não ser tratada feito gente. agora vai ser assim, não vou dar a outra face, não vou dar mais a outra face pra ninguém, quem dava a outra face era Jesus, eu não dou a outra face, eu dou o cu.

dentes

pode ter certeza de que eu sei o que estou fazendo. seja simpático e superior, apenas isso. no final eles vão te dar uma caixinha tão grande que você mesmo não vai acreditar... eu nunca me engano, não se preocupe: se a criancinha feia começar a escalar as coisas e tentar fazer as toalhas de cipó, eu mesmo vou falar com eles. olha a carol, foi inteligente. sabe o que ela disse? mentiu. a mentira salva! ela já começou falando que a criança é linda... claro que não é. com essa idade ainda não se pode fazer cirurgia pra tirar o nariz de batata! mas eles sorriram, adoraram a carol... todo mundo gosta da carol; a carol ri sem mostrar os dentes; só mostra os dentes quando fala. os dois "pais" mandaram a menina agradecer; olha, que vitória da carol: eles chegaram arrogantes, prontos pra arrumar confusão; agora eles são assim: procuram confusão, acham que estão no direito deles, pensam que todo mundo é inimigo, que todo mundo é homofóbico, eu não sou, posso não gostar, mas não trato mal. olha pra mim! olha e fala se eu tenho cara de preconceituoso?! não tenho, mas eles me veem assim. e vai ser assim até que eles percebam que o problema está neles. mas a carol foi inteligente: elogiou... a catarrentinha foi obrigada a agradecer! pra quê? pra parecer que os dois "pais" sabem educar! não sabem. no mundo de hoje, ninguém é nada. as pessoas não precisam ser, só precisam parecer. a criança agradeceu e ainda terminou chamando a carol de tia: obrigada, tia! eu estava do lado, eu vi a sobrancelha da carol arrepiar... a carol odeia ser chamada de tia! os pais da carol são pessoas conscientes, inteligentes; a mãe da carol não é uma cachorra parideira, a carol é filha única, a carol nunca vai ser tia; mas a criança miserável chamou a carol de tia. sabe o que a carol fez? sorriu sem mostrar os dentes, depois se vingou. é isso que temos que fazer: temos que nos vingar, mas vingança com classe. a gente não sabe quando eles podem se rebelar... o nosso estabelecimento não é pra eles, aqui não é passarela de escola de samba, nosso restaurante é um lugar sério. dá uma olhada, aquilo não é mulher, nunca vai ser mulher, aquilo é uma aberração. eles gostaram daqui, gostaram da decoração, eles estão vindo, cada dia vem um pouco... daqui a pouco podem estar ocupando todas essas mesas, e nós vamos fazer o quê? rir sem mostrar os dentes. a carol perguntou: primeira vez? claro que era. eu sei que era, ela sabia que era, mas isso fazia parte da vingança dela, então ela disse: vou dar pra vocês uma mesa com visão privilegiada, um lugar para ver e serem vistos! olha o que ela disse: visão privilegiada, percebe a inteligência da carol? visão privilegiada, e colocou eles naquela mesa do fundo! mesa no fundo e ainda perto do banheiro... bem no fundo, escondidos. bem escondidos. escondidos, mas com visão pra tudo... pelo menos foi o que a carol fez parecer; vivemos no mundo do fazer parecer. e você, o que você vai fazer? vai fazer parecer que está gostando de atender essa gente que vai contra os nossos princípios numa mesa do fundo perto da porta do banheiro! vai se mostrar solícito, vai ser simpático; vai oferecer pratos especiais, vinhos especiais, tudo caro e especial! quem sabe eles possam se sentir especiais... vamos tirar o dinheiro deles, eles querem gastar, vão gastar, faça com que gastem muito. sabe por que eu escolhi você? porque você é como eu: você é racional, você não tem amor, você tem apenas senso de justiça; você sabe o lugar de cada um, sabe que o lugar deles não é aqui! vamos agir com inteligência: vamos mostrar pra eles que aqui não é um circo, que aqui não é lugar de gritinhos e de plumas. vamos mostrar isso com educação. olha a menininha, coitada! vestem a menininha como se fosse uma boneca de loja barata, mau gosto. temos que mostrar que isso aqui não é lugar pra eles, pode demorar, mas uma hora vão perceber, e aí, o que vai acontecer? vão procurar outro estabelecimento onde tenham funcionários desqualificados como eles; lugares com gente que grita como eles, lugares onde eles possam discutir com os funcionários; onde possam filmar essas brigas, postar essas brigas e ganhar curtidas! lugares que possam processar e dizer que estão lutando por direitos, por igualdade. igualdade? isso nunca vai acontecer, quem quer igualdade, age como igual, mas deixa esses infelizes continuarem se iludindo... sei o que estou fazendo: sorria, sorria sem mostrar os dentes! deixe a boca escancarada pra eles, deixe o escândalo pra eles, eles gostam de escândalo. nós não.

candidata

aquenda mona, olha, a candidata se fodeu, eu sabia que não ia ser eleita, quem vai votar numa bicha dessas, ainda se sente amapô, aposto que nem as amiga bolacha votaram nela. o chuchu gritando, ela com essa cara de boy, corpo de estivador e querendo fazer a feminina, olha a mala gritando. ainda fala que é trans, trans o caralho, vontade de pegar uma bicha dessa e dar uma coió. você viu os flyer dela? um picumã de uó, picumã muito do safado, parece que foi tingido na água de salsicha, um lencinho no pescoço pra cobrir o gogó e, embaixo do nome dela, ela acha que tem nome, estava escrito o tema da campanha: minoria vota em minoria. agora me fala, mulher, quem é essa bicha na fila do pão? ninguém sabe quem é esse viado, e ela se achando, só porque fez faculdade ead em filosofia, filosofia da minha cuceta. bicha burra. olha onde ela veio fazer campanha política, na esquina, ainda fazia carão, mona, vota em mim. você acha mesmo que alguém aqui ia acordar cedo pra votar? nem as europeias, que se acham civilizadas e precisam do comprovante de votação pra viajar. é mais fácil justificar depois, pagar multa. de multa nóis entende, né, mulher, tô até pensando em cobrar pedágio desse viadinho trucoso. já pensou? faço a louca, e já falo pra ela: tá multada em quinhentos arô, aqui, na mão da tata, nota sobre nota. quero ver ela fazer a desavisada e cruzar meu caminho. leva uma mãozada na cara, puxo a prestobarba enferrujada e faço uma buceta na cara gongada dela, na dela e na dessa caminhoneira, que anda junto achando que é o segurança dela. machorra de quinta, odeio essa fanchona se achando o ocó, arrumo um bafo que ela e esse projeto de travesti nunca mais vão esquecer. meu santo não bate com o dessa fanchona uó. aquenda a bolacha dando close de mala, o erro. não me censura, mona. desculpa, sinto muito, pode me chamar de preconceituosa o quanto quiser, não topo com elas, gostam de encrenca, não têm classe, não são fina como nós. sem noção. a caricata sabe que ninguém votou nela e faz a louca vindo agradecer voto, close, quer dar close essa sonsa, já está pensando na próxima eleição, quer fazer fama na esquina, daqui a pouco desce um ponto e quer bater portinha. fico passada, bege e amarrotada. as trava ainda dão corda pra um demônio desses, comigo não, que eu não sou burra, ela não me representa, se eu votasse, eu ia votar num boy magia, ou até numa dessas maricona babadeira que nem vem numa esquina desgraçada dessas, a gente sabe, são todas trucosas, querem ser eleitas pra dar a elza, viu aquele vereador, não sei o nome, esqueci, boy belíssimo, lixo, mas tudo pra minha carreira. eu faria, a betty faria, todas fariam. lindo, corpo babadeiro, fiquei chocada, foi acusado de assédio moral e sexual, podia abusar de mim fácil, eu não ia reclamar. prefiro votar no machinho tóxico do que numa bicha dessas. sou assim, mona, representatividade de cu é rola, não voto numa bicha trucosa dessa, não voto, ninguém vota, ninguém, nem a família desse viadinho vota, eu pesquisei, mona, coloquei o nome dela só pra ver quantos votos ela teve. sabe quantos? 156, isso mesmo, cento e cinquenta e seis votos, para, né, 156 votos é uó, até nóis ia ter mais voto, eu, você, qualquer uma de nós que tivesse se candidatado teria mais voto, eu conseguia fazer todas que trabalham aqui votar, todas, mona, todas, ia ser babado e confusão, eu ia dar o nome, fazia campanha na boite, griteiro na esquina, campanha com os boy que atendo, ameaçava maricona e fazia dar acué pra minha campanha, ia ser luxo. tô até pensando em me candidatar na próxima eleição, já pensou? olha o slogan da bonita: da esquina pra câmara. ia sr babado, eu ia tombar geral, luxo. o que eu ia atender de boy? a lôca. olha isso, mona, fico passada, vê se pode, as alibã cumprimentando o projeto de trava candidata. muito pra mim. vou desaquendar que não sou obrigada a ver isso. fui.

camile

fui mãe solteira muito cedo. enquanto as outras meninas brincavam de médico, eu já brincava de ser mãe com um bebê de verdade, o maikon. tanto eu quanto o robert tinha dezessete anos, quando ele nasceu, eu não queria ser mãe, e ele não tinha estrutura para ser pai. decidi morar com ele, mas não podia levar o maikon, porque o robert trabalhava numa biqueira e a gente tinha que viver mudando, então o maikon acabou ficando com a minha mãe. minha mãe adorava o maikon, e era melhor mãe pra ele do que eu. algum tempo depois, o robert morreu num tiroteio com a polícia, e eu voltei pra casa da minha mãe, o maikon já estava com seis anos, era a cara do pai.

...

tinha uma coisa no maikon que me irritava muito, o maikon gostava de usar vestido. minha mãe achava normal e fazia os gostos do menino. era estranho ver meu filho crescendo daquele jeito, aquela cara linda de gente do crime com aquela voz esganiçada de menina e um vestidinho no corpo.

...

o maikon não era como os outros meninos. gostava de limpar a casa e lavar louça, e apanhava na escola. chamava minha mãe de mãe e ela chamava meu filho de filho. ele nunca me chamou de mãe, mesmo sabendo que a mãe dele era eu. foi nesse tempo que eu comecei a odiar minha mãe e a odiar o maikon também.

...

um dia peguei o maikon, dei uma surra, rasguei aquele vestidinho ridículo e raspei o cabelo dele com gilete, saía até sangue, ele gritava, mas não me importei, lavei a alma. ficou lindo, cheio de hematomas, marcado de dor e com a carinha de bandido que o pai tinha. fiquei abraçando o maikon e chamando ele de robert, meu robert, meu maikon, meu filho, meu, meu, meu, meu. minha mãe chorava feito uma louca. tirou ele de mim e levou pro quarto, pra dormir com ela. no dia seguinte saíram do quarto, ela de mão dada com ele e ele com um novo vestido, ele pegou na minha mão e me arrastou pra cozinha pra tomar café com eles, como se não tivesse acontecido nada. menino fraco, derrotado, bostinha; não podia ser, aquele merdinha não podia ser um pedaço do homem que eu amei.

...

o maikon foi virando uma coisa deplorável, uma verdadeira aberração, lentamente... igual quando a gente fuma um beck e fica parado um dia inteiro na frente de um botão esperando ele virar flor e, quando a gente vê, virou uma rosa e a gente nem percebeu, com o maikon foi assim, ele virou uma coisa que eu nunca consegui dizer o nome e eu não percebi, quando vi, já era.

...

alguns anos depois, minha mãe começou a perder a memória, levei ela no médico e descobrimos que ela estava desenvolvendo alzheimer, daí um tempo começou a não saber mais quem era eu, mas sabia quem era o maikon, acordava e perguntava pra ele: filha que dia é hoje ? - é dia das mães, ele respondia, e dava um abraço e um beijo nela. todo dia a mesma coisa, todo dia a mesma merda, parece que eles faziam de propósito, odiava aquela cena nojenta, odiava, odiava o maikon, odiava a minha mãe, odiava os dias que amanheciam, eu odiava tudo. mas o que eu mais odiava era ele ter se tornado filha da minha mãe.

...

minha mãe morreu segurando a mão da maikon, o meu maikon, a maikon, filha dela. ele já estava com dezenove anos, e já tinha se tornado filha mesmo, tinha se tornado minha irmã, os traços de homem tinham desaparecido aos poucos, mas ainda tinha a fisionomia do homem que eu amei. era um rosto de mulher mais bonito do que o meu, mais cuidado do que o meu, estudou e teve o que eu nunca tive, uma profissão, e o pior, um homem lindo que rastejava aos pés dele.

...

a gente convivia naquela casa como dois estranhos, ele no quarto que era da minha mãe e eu no meu quarto. um dia, quando ele não estava, entrei no quarto dele com uma tesoura e cortei as roupas bonitas que ele tinha, quando chegou e achou aqueles trapos, me olhou, e disse que, apesar de tudo, me amava e que não ia ficar com ódio de mim por aquilo, e nem por nada que eu fizesse.

bicha maldita, odeio gente boazinha, viadinho safado, você vai ser sempre um viadinho, você tem pinto, e mesmo que tirar nunca vai ser mulher – gritei pro mundo ouvir. que ódio ver o rosto do único homem que eu amei de verdade num corpo de mulher que não era mulher. aquela voz calma, delicada e macia saindo de uma boca igual à do meu homem.

...

ele sorriu, pegou uma mala, colocou o que sobrou e foi embora. o maikon se casou e eu conheci um outro cara do crime. por causa desse cara, levei uns tiros e perdi os movimentos, vivo nessa cadeira de rodas.

...

o maikon virou camile, com documento e tudo, eu nunca vou me acostumar a falar camile, chamo de maikon mesmo, ele me olha e sorri. toda semana vem me visitar e abastece a geladeira pros dias que seguem.

vergonha

essa menina não tem jeito, eu já falei pra ela, se ela continuar nessa vida, pode me esquecer, eu abandono, pode ter certeza que abandono, já falei isso pra ela, eu criei ela pra ser mulher direita, ganhar a vida com o próprio suor, tenho vergonha na cara, sempre tive, ela acha que é fácil vir aqui e passar a vergonha de tirar a roupa na frente de gente estranha, ela pensa que é fácil ficar inventando desculpa dela nunca estar em casa? tem gente no bairro que sabe das merdas que ela já fez, ando de cabeça baixa de vergonha, na minha família nunca aconteceu isso, todo mundo sempre foi trabalhador. e os parentes? outro dia minha irmã foi me visitar e ficou perguntando dela, todo mundo pergunta, eu não gosto de mentira, mas tive que mentir, falei que ela está no interior estudando, agora me fala, que diploma eu vou apresentar quando ela sair daqui? que diploma ela vai mostrar pras pessoas? diploma de presidiária? diploma de sapatão? porque ela está cada dia com mais cara de macho. eu tive quatro homens na minha vida, tive um filho de cada um, tenho filho preto, tenho filha japonesa, tenho um que é autista, e tenho essa menina linda, ela é linda, o senhor não acha? mas olha a perdição, podia ser modelo, atriz, ela tem talento, sabia que ela dança? quando ela tinha seis anos, eu incentivava a fazer dança pra desenvolver bunda, e olha o mau uso do instrumento. essa anormal só me dá vergonha, e não é falta de exemplo, eu dou duro, trabalho dia e noite pra dar tudo pros meus filhos, mas o que eu dou pros outros, pra ela não serve, pra ela é pouco, ela quer coisa chique, quer coisa de marca. só nesse emprego estou há quinze anos, pensa que é fácil aguentar homem suado e bêbado? não é, mas eu aguento, e pra quê? pra receber ingratidão. eu já tentei levar ela pra trabalhar comigo, mas sabe o que ela me disse? disse que não tinha estômago, e eu tenho? já vomitei muitas vezes no meu trabalho, já engoli vômito pra não passar vexame, eu também não tenho estômago, ninguém tem, mas a gente se acostuma, por isso que eu ando com lencinho umedecido na bolsa, a gente nunca sabe a hora que vai aparecer um freguês extra pra gente fazer um bico, eu tenho que fazer, é a vida, e olha eu aqui, podia estar trabalhando, porque eu sou trabalhadeira, graças a Deus eu dou exemplo, olha eu aqui trazendo o jumbo dela. eu nem posso faltar no serviço. sabia que eu corro risco de uma vagabunda mais nova pegar o meu espaço? já aconteceu, tive que me defender, tive que sair na mão, dar giletada na vagabunda pra garantir o pão dos meus filhos. o senhor podia me ajudar, ela é uma menina bonita, está perdida, mas gosta mesmo é de homem, o negócio dela não é esse, eu não criei ela pra se esfregar em machona, ela se perdeu aqui dentro, má influência, ela precisa achar um homem que faça ela se sentir mulher de novo, se ela tiver um homem que pegue ela de jeito, eu tenho certeza que muda de opinião, o senhor podia fazer isso, o senhor é um homem bonito, podia jogar um agá pra ela, ir se insinuando, vai jogando, entendeu, e, quando ela menos esperar, pegar de jeito e mostrar como é um homem de verdade, tá faltando isso na vida dela, tem uns homens de boa aparência aqui, um hoje, outro amanhã, quem sabe até todos de uma vez, ela precisa se acostumar de novo, porque já gostou, e estou só sugerindo. o senhor é um homem bom, tenho certeza de que pode ajudar uma mãe aflita, eu só quero a minha filha de volta, pensa, se coloca no meu lugar, veio uma filha pra cá, e agora eu vou levar um rapaz? eu não quero isso, nenhuma mãe quer isso, eu sei que o senhor me entende.

violência

eu era diferente, eu sempre soube que era diferente, eu não sabia por que eu era diferente, mas eu sabia que era diferente, muito diferente dos outros, pelo menos nenhum dos meus colegas de classe desenhava rostos de mulheres com bocas vermelhas, carmins, pinks nas páginas dos cadernos, nenhum entregava trabalho de matemática cheio de flores. eu era muito diferente, mas eu ainda não sabia o porquê, as pessoas sabiam, todas as pessoas sabiam, menos eu.

...

meus pais também deviam saber, uma noite eles me deixaram acordado a noite toda perguntando o que eu achava das meninas, se eu achava mulher bonita.

...

minha mãe costurava e tinha umas revistas de moda que ela mostrava pras clientes, naquela noite, ela pegou páginas de várias revistas, nessas páginas tinham fotos de homens e de mulheres, de terno, camisas, bermudas, vestidos, vestidos longos, roupa de praia, todos os tipos de roupa. e ela e o meu pai ficaram me mostrando aquelas fotos e perguntando do que eu gostava mais, o que eu achava mais bonito, fizeram isso durante a noite inteira.

...

eu não sabia o que era um bife peludo, mas eu me lembro deles falando que eu ia gostar de bife peludo, nem que eles tivessem que me bater pra eu gostar, foi isso a noite toda, e eu nem sabia o porquê, eu só queria dormir, era só dormir que eu queria.

...

meu pai falando que ia me levar num puteiro, que ia esfregar minha cara nas mulheres, coitada das mulheres.

...

quando eu tinha uns oito anos de idade, um rapaz chamado sebastião me levou pro mato, abaixou o meu calção feito com a sobra dos tecidos dos vestidos das clientes, me mandou deitar de bruços e deitou em cima de mim. ele ficou tentando entrar em mim até que ele conseguiu, ele tapou a minha boca pra eu não gritar, eu não gritei, eu só chorei.

...

durante o tempo todo ele falou que eu tinha que ficar quieto senão ele ia matar meu pai, ia matar minha mãe, ia fazer o mesmo com a minha irmã. quando terminou, me mandou enxugar as lágrimas, me levou pra comer manga e ir embora pra casa. eu fui e fiquei quieto, fiquei calado, calado e quieto como sempre fiquei, como me calei a vida toda.

...

nada mais doía, era tudo normal. eu estava acostumado, só sentia dores na hora de ir no banheiro, mas era normal. eu conhecia dores piores.

...

um tempo depois, ele me levou pro mato de novo, mas dessa vez, ele não foi sozinho, ele foi com alguns amigos. fizeram tudo de novo, era um, depois outro, faziam e riam quando saíam de cima de mim, eu não entendia por que eles riam, eu não entendia nada, eu tinha, oito anos de idade.

...

naquele dia, eu cheguei em casa machucado, eu falei o que tinha acontecido, mas o sebastião era filho do pastor da igreja. o sebastião era um menino bem-criado, o pai do sebastião era um servo de Deus, eu estava mentindo, eu não prestava, então ela me deu uma surra. a minha mãe era uma mulher muito correta, ela era temente a Deus, ela era uma serva de Deus, ela disse que eu estava caluniando o filho de um servo de Deus pra proteger um outro safado, então eu apanhei, eu apanhei pra nunca mais emprestar meu corpo pro uso do demônio, eu apanhei calado, eu sempre aguentei as dores calado.

...

quando cresci, aquilo ainda estava na minha cabeça, aquilo nunca saiu da minha cabeça, eu já tinha aprendido a gritar, eu já tinha quase aprendido a lutar pelas coisas que eu queria.

...

um dia, decidi. fui atrás do Sebastião. nem sabia direito como chegar, mas cheguei. ele estava mais velho, mas era o mesmo sebastião que deitou em cima de mim, era o mesmo sebastião que mandou os meninos deitarem em cima de mim, era o mesmo sebastião que entrou em mim, era o mesmo sebastião que levou os amigos pra entrarem dentro de mim, era o mesmo sebastião que me fez sentir dor, era o mesmo sebastião que me fez sangrar, era o mesmo sebastião que me fez apanhar calado, era o mesmo sebastião que me mandou vestir o calção, enxugar as lágrimas e ir pra casa calado.

...

quando cheguei perto dele, fiquei calado, nem sabia o que falar. abri a bolsa, tirei um presente e entreguei pra ele. ele abriu, era um relógio, ele ficou olhando aquele presente que não sabia por que tinha recebido, e ficou calado, eu também fiquei calado por um tempo.

...

depois de um tempo em silêncio, eu disse pra ele quem eu era, e queria que ele fizesse comigo tudo que tinha feito quando eu ainda era moleque, quando eu não sabia o que era o quê. mas que eu queria aquilo tudo de novo, eu agora sabia o que queria.

....

ele disse que não sabia do que eu estava falando, que eu era louco, mas que se lembrava de um afeminadinho que se oferecia pra todo mundo, e que bom que eu não era mais afeminado, mas que aquela não era a dele, que ele gostava de mulher, que ele era casado, mas que se eu quisesse, ele até tinha uns amigos que topariam fazer isso por grana.

...

eu fiquei calado, voltei a ficar calado.

...

mais uma vez, fiquei calado.

post-it

na escola todo mundo cola post-it em mim. post-it com xingos, xingos feios, xingos bem feios, xingos mais feios ainda, eu não ligo, eu quase que já me acostumei a ser xingado, quase que já me acostumei a ouvir as pessoas xingarem meus pais, eles me xingam xingando meus pais, eu não falo pros meus pais porque eu não quero que eles fiquem tristes, então eu procuro xingos feios na internet, fecho o banheiro e eu mesmo me xingo pra ir me acostumando, mas eu não consigo me acostumar, então eu choro. acho que o choro é o post-it do coração dizendo que a gente está triste, que está tudo doendo.

...

meus pais tomam café sem açúcar, chá sem açúcar, suco sem açúcar, eles tomam tudo sem açúcar, eu não gosto de coisas sem açúcar, também não gosto de coisas sem sal, acho que o sal e o açúcar deixam as coisas mais gostosas, eu falo pra eles que não gosto, mas eles falam que muito açúcar e muito sal faz mal pra saúde, e que uma hora eu acabo me acostumando, eles já se acostumaram, eu não gosto de acostumar.

...

os meus pais falaram outro dia que já engoliram muito sapo, que já ouviram muito desaforo e muita porta na cara. acho que quando eles eram do meu tamanho não tinha post-it, então faziam de outro jeito.

pelo que eu entendi, quando eles eram do meu tamanho, xingavam eles, acho que xingavam eles um monte, eles não se xingam, eles falam coisas bonitas, eles escrevem coisas bonitas nos post-its que deixam na geladeira, eu gosto de post-it, mas gosto de post-its com coisas bonitas, as pessoas não gostam de coisas bonitas, elas gostam de coisas feias, muito feias e ainda mais feias.

...

os meus dois pais gostam de rir, e eu gosto quando eles riem, eles riem quando estão felizes e eu gosto de ver os meus dois pais felizes.

...

quando eu vou chegando em casa, eu tiro todos os post-its que estão grudados em mim, post-its com nomes feios: filho de viado, cria de viado, filho de bicha, filho de bichona, filho de morde fronha, viadinho, bicha, bichinha, maricas, mariquinha, pecador, filho de chocadeira e um monte de coisas feias com cu.

...

todo mundo gosta de post-it, cada um gosta de um jeito, mas todo mundo gosta. quando a gente ama, a gente está colocando post-its com o coração. a minha irmã, que não era minha irmã, mas que, um dia, virou minha irmã, só virou minha irmã no dia em que meus pais entraram na creche, tiraram os post-its ruins dela, depois deram beijos e abraços nela, e colocaram post-its escritos: você vai ser amada, você agora tem dois pais, você agora vai ter um irmão chamado caio.

...

beijo também é post-it.

o beijo foi o jeito que meus pais acharam de colocar post-it na gente.

acho que é porque toda vez que eu coloco um post-it escrito te amo na roupa dos meus pais, eles me dão um beijo e falam que me amam também.

...

eu tenho vontade de entrar na creche e colocar post-it em todas as crianças dizendo que elas também vão ser amadas, que elas precisam ter fé, e um monte de coisas que eu ainda não sei o que é, mas que um dia eu vou saber.

...

a minha irmã tem uma mochila igual à minha, então eu coloco post-it na minha mochila escrito minha mochila, e outro na dela escrito sua mochila, ela dá risada, me chama de bobo e me dá um beijo.

acho que ela também acha que beijo é post-it.

...

eu acho que todas as pessoas deviam ter um monte de post-its e canetas coloridas pra escrever palavras bonitas nos post-its e sair colocando em todos os cantos, às vezes eu não escrevo coisas bonitas nos post-its, eu gosto de escrever o nome das coisas, o nome que elas têm pra elas não esquecerem o que elas são.

...

meus pais têm a mania de falar pra mim quem eu sou, meus pais falam assim: nunca esqueça quem você é, você é meu filho e filho do seu outro pai, e nós amamos você. entendeu? quando perguntarem quem você é, você responde: eu sou um menino amado e vim ao mundo pra distribuir amor.

...

é, as coisas e as pessoas precisam saber quem elas são. por isso que eu coloco post-it nas coisas, pra elas saberem o que elas são.

...

eu não sei se as coisas têm memória, então eu lembro as coisas das coisas. eu coloco post-it na minha gaveta escrito gaveta do caio, na da minha irmã escrito gaveta da luciana, gaveta do meu pai gustavo, gaveta do meu pai luciano, gaveta da minha vó fernanda. coloco post-it na geladeira pra ela não esquecer que é geladeira, no fogão, escrito não esquece que você é fogão, mas também é forno. as coisas podem ser várias coisas e as pessoas também podem ser outras coisas além do que elas são, meus pais falam que ninguém é uma coisa só, que a gente é uma gama de coisas, eu preciso olhar no dicionário pra saber o que é gama, mas eu sempre esqueço.

...

um dia eu vou fazer um post-it bem grande escrito: um dia o mundo vai ser melhor, e vou colocar no mundo. mas acho que pra isso eu tenho que ser astronauta.

...

eu fiz um post-it escrito: vou ser astronauta, e coloquei na cabeceira da minha cama, minha irmã luciana disse que combina comigo, porque eu vivo mesmo no mundo da lua. acho que não colocam post-its nela.

...

meus pais falaram que as pessoas estão desaprendendo a escrever. tenho medo que elas desaprendam a ler e não consigam ler os post-its que eu ainda vou colocar em todos os lugares.

...

definitivamente, eu acho que as pessoas não sabem pra que servem os post-its.

...

meus pais estão certos, as coisas não são uma coisa só.

...

eu acredito que um dia as pessoas vão entender pra que servem os post-its. vão entender que eles servem pra um monte de coisas.

resolvida

hoje eu quero falar sobre minha família. eu e meu marido sempre fomos um casal moderno. já disse que a gente se conheceu na internet? temos uma vida ótima, saímos pra teatro, ele sempre dorme, no cinema, então, ele ronca, mas vai. tivemos só um filho, que é pra dar do bom e do melhor pra ele, não adianta ter um monte de filhos e não poder dar tudo que o filho tem vontade. pelo geraldo, a gente tinha um monte, mas eu não, eu tenho cabeça, eu sou mais moderna que ele, quando o serginho nasceu, eu fechei a fábrica, e sempre dei conselhos: um dia você vai crescer, olha bem e segue o exemplo da gente, nada de se reproduzir feito lebre, pobre é que tem um monte de filho, porque pobre parece erva ruim, se alastra por onde cai.

um dia o serginho sentou comigo e o geraldo na sala para falar seriamente. pensei: vai falar só comigo, porque o pai não ouve nada, só sabe se comunicar pelo zapzap, até comigo ele fala pelo zap dentro de casa mesmo, é um viciado, gosta do barulhinho. depois de muito silêncio e de também teclar com uns amigos, o serginho virou e disse:

— eu sou gay.

pra minha surpresa, o geraldo respondeu :

— é uma profissão ótima, eu apoio, vê quanto é a mensalidade que eu já vou pôr no orçamento.

— geraldo, você não ouviu que o menino é viado?

nesse momento caiu a ficha e ele digitou que a culpa era minha que protegia o menino. zap vai, zap vem, discussão sadia, porque nós somos civilizados, até que tive a solução:

— eu sei o que está acontecendo, serginho.

eu sou uma mãe moderna, eu sou muito espiritualizada.

— você é sensível, tem alma feminina, e a sua alma que é feminina se apaixona por figuras masculinas.

foi como uma revelação, doutora, porque eu sou muito centrada, o budismo fez isso comigo. doutora, a senhora acredita que eu faço daimoku três horas por dia? fico parada sem mover um único músculo, só a boca, obviamente repetindo o mantra: nam-myoho-rengue-kyo. sim, também faço ioga, sou totalmente alongada, isso me dá um equilíbrio corporal que é fundamental para o meu equilíbrio emocional. eu já tomei muito santo daime, vomitei toda tensão e negatividade que tinha no meu corpo. acredite, doutora, é verdade, foi por isso que achei a solução.

— serginho, sabe a carolina, sobrinha do teu pai? aquela que joga futebol? então, ela tem o mesmo problema que você, ela tem uma alma masculina, e a alma masculina dela não gosta de homens. se vocês conviverem um com o outro, a sua alma feminina pode se apaixonar pela alma masculina dela, e vice-versa.

mas não deu certo. o serginho é muito educado, não conseguiu conviver com toda aquela grosseria. o homem que habita o corpo da carolina é muito rústico. a carolina incorporou esse homem que vive dentro dela de forma horrorosa, sim, porque aquilo deve ser uma entidade, a carolina fuma, bebe, cospe no chão, um verdadeiro horror. menina inteligentíssima, faz engenharia civil, mas tem mais vocação pra pedreiro, um horror. o serginho, sensível como é, não tolera esse tipo de coisa. eu mesma sempre pensei que ia ser decorador, cabeleireiro ou estilista, mas infelizmente o serginho é um gay sem bônus.

...

o serginho, escolheu ser ator. não vai dar certo. é uma profissão linda, mas não dá dinheiro, e do jeito que ele gosta de dinheiro vai desistir rapidinho. ele tem a cabeça fraca. só espero que ele não desista de ser gay, porque o namorado que ele arrumou deixa todo mundo de queixo caído. menino educado, de boa família, e me adora. o geraldo mesmo não quer que ele se separe desse menino, o menino gosta de futebol, música sertaneja, carro, e entende tudo de mecânica, uma benção. o filho que o geraldo queria e eu nunca dei, o serginho deu. no começo, pensei que pudesse ser passageiro, falo e repito: a cabeça do serginho é fraca, o serginho é volúvel, mas felizmente não, o serginho gosta desse menino.

...

eu tenho total aceitação da sexualidade do serginho, no começo, não. acho até que tentei mudar, quer dizer, nem sei se tentei, acho que tentei, ou não tentei, sei lá, vai entender, eu sempre soube, pra mim está ótimo, sempre fui muito moderna. sou uma mulher resolvida.

...

minha hora terminou? posso continuar esse assunto outro dia? pra mim é uma situação resolvida, mas eu quero firmar um pouco mais aqui dentro da minha cabeça.

furdunço

olha lá a sebenta da casa fedida colocando os pano de bunda pra tomar sol, essa miserável não lava roupa, não, quando tira essas roupa do sol, a roupa fica em pé, parece que tá engomada. tenho dó desses cachorros dela, qualquer hora eu denuncio, nunca vi lavar esse quintal, os bichinhos dormem em cima da própria bosta, ainda coloca esse monte de comigo-ninguém-pode no muro, diz que é pra afastar olho gordo, quem vai ter inveja dessa casa imunda dela? cheia de goteira, quando chove, pinga tanto que parece chuveiro, deve ser o único dia em que essa perebenta toma banho.

...

tudo bem, sônia? essa aí se sente rica porque tem carro, pra ter isso é melhor não ter, nem freio essa imundície tem, pra parar esse poisé precisa colocar um toco na roda, não tem onde cair morta mas colocou insulfilm, deve ser medo de sequestro, fico pensando, o infeliz sequestra uma porra dessas e vai pedir o quê? cesta básica e vale transporte, só se for isso. o dia em que eu sair desse lugar não olho pra trás, aqui só tem gente baixa, olha lá as duas biscate se pegando de novo por causa de homem, tanto homem no mundo e elas brigam por causa do mesmo. nenhuma presta, desde o ginásio é assim, todo dia se grudavam no pátio, primeiro foi uma que engravidou dele, depois a outra, acham que barriga segura homem, e tome macumba, e tome simpatia, uma faz loucura de amor no aniversário dele, a outra faz festa surpresa, e o pior é que a criança de nenhuma se parece com ele. ele que tá certo de não pagar pensão, e acha que elas ligam? ligam nada, ainda vão acabar se matando, carência dos inferno.

...

tudo bem, geilson? cachaceiro sem vergonha, bebe feito um porco e apanha da mulher, não tem vergonha na cara, o pai dele era igual, morreu de cirrose, o fígado tava todo podre, a mulher não aguentou e abandonou, com certeza tá indo comprar pinga, emborca os corote e sai tropeçando até cair, esse lixo, outro dia tava largado aqui em frente todo mijado, parecia um mendigo, eu liguei a mangueira e pus pra correr, agora a porta da minha casa é estacionamento de cachaceiro? ponho pra correr mesmo.

...

bom dia, dona cida, a senhora tá bem? vi a fátima hoje, engordou, né, ela tá grávida de novo? achei que não, mas sabe como é a língua dessa gente, vieram falar pra mim que ela tava meio inchada, mesmo sem saber eu falei que não, a senhora criou ela tão bem, acha? essa gente fala demais, ela sempre foi assim né, engorda, emagrece, engorda, emagrece, é de família né, a sua maior era do mesmo jeito né, teve uma época até que ela ficou doente por causa de regime, não comia nada, sumiu, todo mundo achando que ela tava com doença ruim, chegou a cair na feira de fraqueza, se me lembro, isso foi bem na época em que a cleonice foi morta por aquele cara que ela trouxe da bahia, um que se engraçou com um viadinho que morava na rua de baixo, lembra? dizem que eles tinham relação de marido e mulher, ela foi atrás pegou os dois na cama e saiu espalhando o que viu. o baiano não gostou muito das conversa e deu dois tiros na perna dela, queria só deixar aleijada, coisa de nordestino que gosta de confusão, aí ela foi na polícia dar parte e contou tudo, prenderam o infeliz, mas a bicha foi lá, pagou fiança e ele foi solto. quando saiu, afogou a cleonice no poço, naquele tempo aqui ainda não tinha água encanada, ela só foi achada morta depois de uma semana, estava tão inchada que parecia que ia explodir, o pior é que ninguém podia tomar água, porque a água de todo poço ficou contaminada. fica à vontade, aparece uma hora pra tomar um café, fazer uma costura, faz tempo que a senhora não faz nada comigo, tá precisando, né.

...

olha lá, a crente que separou do marido. engraçado, né, ele é pastor, fala que tem o dom da profecia, fala tanto em revelação e não sabia que estava sendo corno. farsante, isso sim.

...

a fofoqueira está vindo, vou entrar que não gosto de furdunço, aquilo toma conta da vida de todo mundo, louca pra fazer inferno e envolver o nome da gente. melhor zarpar pra minha casinha porque não quero confusão, se me pegam conversando com ela, vão dizer que gosto de fofoca, sei como é essa gente daqui, não gostam de mim, me suportam, mas gostar mesmo, não gostam, são capazes de dizer que o viado do bairro passa o dia no portão cuidando da vida dos vizinho, Deus me livre da língua dessa gente.

com puta dor

oi, meu velho, faz tempo que não escrevo uma carta pra ninguém, agora estou escrevendo essa pra você, porque tem coisas que ficam mais fácil de falar com quem já se foi. você é que é feliz, meu velho, foi antes de ver tudo que estou vendo. os dias estão cada vez mais cinza, perdi parte da minha visão e o encanto pelas cores. nos últimos dias, tenho preferido ver tudo branco e preto mesmo, até as cores do arco-íris têm me irritado, principalmente elas. sinto saudades de quando respirava o mesmo ar que você, e isso era suficiente pra mim. nestes últimos dias, que são os piores da minha vida, até o ar que respiro me incomoda, não estou preparada para uma vida moderna. sinto saudades de quando nossos filhos eram pequenos. pena que eles cresceram, queria todos eles pequenos pra sempre. hoje em dia todo mundo tem pressa pra tudo, não sei viver com pressa. está tudo muito chato, até mesmo os velhos estão chatos, é um tal de velho na academia, um tal de velhos cheios de querer ter direito. eu acho direito uma bosta, você sabe que nunca gostei de gente velha, velho enche o saco, só reclama e fala de doença, não gosto quando fala de doença comigo, já mando falar com o médico, não tenho paciência pra gente velha. as coisas estão tão ruins que ninguém mais pode falar o que pensa, tudo dá processo.

...

o mundo está muito estranho, meu velho.

...

ah! você agora tem mais um netinho, cinco anos, lindo, mas não fala uma palavra, é mudo, não fico muito com ele, não vou ficar fazendo careta e nem mexendo os dedos pra ele me entender, minha artrite está avançada.

...

o desemprego cresceu muito, as pessoas trabalham de qualquer coisa pra sustentar a família, até vaga de professor está sendo disputada, tem pai de família distribuindo papelzinho de propaganda na rua, pra mim sempre dão de plano de saúde, dentista e macumbeira que traz o marido de volta em dez dias. só se for pra te trazer do além.

...

teus filhos continuam dando trabalho, o naldo virou um vagabundo, diz que trabalha em casa com computador vendendo coisas pela internet, fica o dia inteiro sentado e falando no telefone e ainda chama isso de trabalho. odeio essa máquina nojenta, uma coisa que tem puta e dor no nome não presta. tua irmã está com a boca cheia de dente podre, a boca dela fede à carniça, sempre dou gengibre pra ela mastigar, mas não resolve. está louca de pedra, faz cocô no jardim e enterra, deve achar que é uma gata, mas com aquela idade está mais para jaguatirica. tua filha cristina separou, disse que não era feliz com o marido, que ele batia nela, falei pra ela que se separasse não precisava mais me chamar de mãe, mas ela separou do mesmo jeito. disse que agora é feminista e luta pelos direitos das mulheres, vai nessa caminhada das mulheres, mas só vai sapatão nessa caminhada.

...

agora é cheio de caminhada. tem também a caminhada pra Jesus, mas ele não vai, e tem a parada dos gays, que foi a desgraça da nossa família. uma semana atrás, um dia depois de acontecer essa imundície dessa parada, desse monte de transviado ter lotado as ruas achando que tem o mesmo direito que uma pessoa normal, veio todo mundo aqui em casa pra comemorar o meu aniversário, mas tive que pagar a pizza, comprei duas só, uma de calabresa e outra de mussarela, e fiz café. trouxeram um bolo fubanga e nenhum presente. aí a gente estava sentado na sala vendo tv, porque eles ficaram enrolando pra ir embora, e passou uma matéria desses degenerados, rimos muito, porque é grotesco, e eu tenho certeza de que a intenção é essa mesma, quem vai numa patifaria dessas quer ser motivo de chacota. mas a sua neta estranha, filha da beatriz, uma menina metida a moderninha, dessas que só veste preto e vai contra tudo disse que gosta dos gays. falta de levar uma surra pra mudar de opinião. alguém deve ter posto essa opinião na cabeça dela, porque ela não ia pensar isso sozinha. pois é, a menina cismou que queria ver mais fotos dos degenerados dessa tal parada na internet, e só sossegou quando o naldo, teu filho vagabundo, tirou o computador da bolsa pra ela ver esses imundos.

...

engraçado como essa menina gosta de lama, de lodo. ela se isolou num canto da sala e estava lá vendo quando a gente ouviu um grito vindo da boca pintada de preto dela:

— olha o tio adolfo abraçado com um homem barbudo na parada !!!

todo mundo pulou na frente do computador, inclusive eu. o adolfo gritou:

— desliga essa merda. não sou eu.

e voou pra tirar o computador da mão dela. o naldo segurou ele pelo colarinho e disse:

— se você estragar meu computador, eu te arrebento.

a briga quase desviou o assunto, mas todo mundo voltou pro computador e ficou olhando atentamente, até que a voduzinha de preto da tua neta aumentou a foto e a gente pôde ver que era ele mesmo, pois é, o porco do teu filho abraçado com um cara barbudo e usando uma coleira de cachorro, o barbudo com cara de tarado puxando ele pela coleira, deu pra ver até o sinal de nascença porque ele estava sem camisa. minha festa de aniversário acabou na hora.

...

a mulher do adolfo agora é ex-mulher. colocou ele pra fora, não teve compreensão com nosso filho, nunca gostei daquela mulher. eu também fui dura com ele e, mesmo com o coração doendo, falei:

— aqui você não fica, e se seus irmãos tiverem vergonha na cara, nenhum te acolhe.

o barbudo que desgraçou a vida dele também não acolheu. tá morando de favor na casa da tua irmã, a cagona desdentada. se não tivesse computador ninguém ficava sabendo, ele fazia as pouca vergonha dele e ficava por isso mesmo, podia se engalfinhar com quantos pervertidos quisesse, era só se manter calado, um monte de homem faz isso hoje em dia e a mulher nem sonha.

...

você viu, meu velho, o que esse computador fez? destruiu a reputação do nosso filho, destruiu aquele casamento lindo que eles tinham, destruiu a nossa família. estou cansada, meu velho, não nasci pra esse mundo moderno, tenho saudades de você, saudades de quando nossos filhos eram abaixo da minha cintura. sinto saudades, meu velho.

camisa de força

quando minha mãe estava grávida de mim, ele colocou fogo nela. não queria que eu nascesse, ele queria matar a minha mãe e eu junto, mas eu nasci. aí ela lembrou de uma história da bíblia, que o rei nabucodonosor joga três homens no fogo porque não adoraram uma imagem de ouro que ele mandou fazer, esses três homens só adoravam Deus, eles não iam se curvar a nada e nem ninguém, só a Deus, um desses homens se chamava sadraque, então, quando eu nasci, ela colocou esse nome em mim, sadraque, eu sou sadraque, o que sobreviveu ao fogo, minha mãe me contou isso, ela me contava histórias pro tempo passar, pras coisas ficarem melhor, mas nunca ficou, nunca ficou, essa camisa de força é igual ao útero da minha mãe, eu vou sobreviver também porque eu sou sadraque, o que sobreviveu ao fogo de nabucodonosor. eu não vou parar de me machucar só porque vocês colocaram isso em mim, não vou. podiam ter colocado essa camisa de força nele quando ele colocou fogo na minha mãe, quando ele estava me machucando, podiam ter prendido as mãos dele quando ele segurava a minha cabeça, quando ele batia na minha mãe e mandava ela calar a boca. onde vocês estavam quando minha mãe se matou porque não aguentava mais apanhar? onde vocês estavam quando ele mandou vestir a calcinha da minha mãe e começou a me chamar pelo nome dela? e Deus? onde Deus estava? Deus estava assistindo a tudo calado. todos os dias eu chupava aquele pau suado dele depois que ele chegava do trabalho e colocava aquele pau imundo na minha boca, segurava a minha cabeça e fodia minha garganta, me colocava de bruços e entrava dentro de mim, eu chorava com a dor e o peso dele, eu chorava enquanto ele se movimentava pra cima e pra baixo, pra cima e pra baixo, até que ele cansava e mandava eu me limpar, eu enfiava os dedos em mim e o cheiro dele ainda estava lá, eu lavava dentro de mim com sabão e o cheiro dele continuava lá, eu passava o desodorante vagabundo que ele comprava pra mim, esfregava, esfregava, ardia, mas o cheiro dele não saía, eu ainda sinto o cheiro dele dentro de mim, eu lavo todos os dias pra tirar o cheiro dele, mas o cheiro dele nunca sai, eu coloco álcool e o cheiro não sai, eu esfrego até tirar sangue pra ver se o sangue tira o cheiro dele, mas nem o sangue tira. no começo doía, mas agora não dói mais, eu tenho um rio podre dentro de mim, eu tenho animais mortos dentro de mim, o cheiro não sai, o cheiro nunca sai, me solta, o cheiro está subindo, eu preciso me lavar, eu preciso tirar o cheiro, estou sentindo o cheiro dele, me solta que está apertando, eu não gosto de me sentir apertado, ele me apertava e vocês também estão me apertando. vocês não são bons, vocês são iguais a ele, vocês me mandam ficar quieto, me obrigam a ficar quieto, está tudo apertado, eu não gosto de ser apertado, eu não gosto de não conseguir mexer o meu braço, ele pelo menos deixava eu me debater, me deixava mexer os braços, vocês não me deixam mexer nada, vocês só me deixam gritar e eu não aguento mais gritar, eu não queria fazer isso, se vocês tivessem me amarrado antes, eu não tinha feito, se vocês tivessem amarrado ele, ele não tinha feito, ele fez o que ele fez porque vocês não amarraram ele, se vocês tivessem amarrado ele, ele não tinha queimado e batido na minha mãe, a minha mãe não tinha morrido, eu não tava aqui, ninguém tava aqui, eu nem ia me chamar sadraque, eu ia chamar outro nome.

...

quando sadraque, mesaque e abednego estavam na fogueira, as pessoas que olharam viram quatro pessoas na fogueira, viram quatro, mas só tinha três. eles não estavam sozinhos, por isso as pessoas viram quatro. era Deus que estava dentro da fogueira protegendo eles pra não se queimarem, por isso que isso aqui está apertado, porque Deus está aqui dentro comigo. Deus vai colocar vocês aqui dentro apertados. onde todo mundo estava quando eu gritei, eu gritei alto, eu gritei muito alto, eu grito alto, eu chorei alto e ninguém fez nada, eu não tenho culpa, a culpa é dele, a culpa é de vocês, vocês não estavam lá quando eu gritei, todo mundo me ouviu gritando e não fez nada. vai dizer que Deus não ouviu? Deus ouviu e ficou em silêncio, Deus sempre fica em silêncio, todo mundo fica em silêncio, vocês só gritam na hora de me amarrar e me mandar calar a boca. porque vocês não amarraram ele? se vocês tivessem amarrado, ele não tinha pulado na faca que estava na minha mão, ele pulou mais de trinta vezes na faca de pão que estava na minha mão, o sangue dele ficou na minha mão, o sangue nojento dele ainda está na minha mão, o cheiro do sangue dele ainda está na minha mão, me solta, eu quero lavar as mãos, o cheiro do sangue dele está subindo, o sangue dele é quente, o sangue dele é muito quente, o sangue quente dele está queimando as minhas mãos, o cheiro do sangue dele, eu sinto, o cheiro e o calor do sangue dele, eu quero lavar minha mão pra tirar o cheiro do sangue dele, eu quero lavar as duas mãos, quero lavar as mãos pra tirar o cheiro do sangue dele, eu quero lavar as mãos. a culpa é dele, eu não fiz nada, foi ele. foi ele que pulou na faca que estava na minha mão, a faca era de pão, ele pulou na faca, o sangue quente dele veio de jato. o sangue dele jorrou, o sangue quente e fedido dele jorrou na minha mão, na minha cara, na minha boca, eu sinto o gosto dele, o gosto nojento do pau dele, o gosto nojento do sangue dele, o cheiro dele está em mim. me solta, eu preciso me lavar, eu preciso escovar os dentes, eu preciso lavar minhas mãos, eu preciso tirar esse cheiro, eu preciso tirar o cheiro dele.

puta confinamento

uó. tudo vazio, já dei voltas e mais voltas, e nada, dei tantas voltas que dava pra atravessar o mundo, dava pra ir até a china e voltar, tudo vazio. só tem farmácia e mercado aberto. nunca vi tanto fardo de papel higiênico na mão das pessoas, acho que todo mundo quer morrer com o edi limpo. ninguém na rua, tive que conversar com poste, com calçada, comigo mesma, teve uma hora que achei que tava ficando louca, uma hora acabo enlouquecendo mesmo, se continuar desse jeito eu vou enlouquecer, enlouquecer e morrer de fome. os ocó dessa cidade resolveram de uma hora pra outra virar tudo moralista, tudo trancafiado e cheio de medinho. coloquei um modelão babadeiro, uma make bafônica, só faltou colocar uma placa: a firma está aberta. nenhuma portinha pra bater. nenhuma viva alma pra me ver arrasando, ninguém, nem pra me recriminar, todos cúmplices de silêncio, tudo deserto, a porra da rua está parecendo um filme de faroeste, tudo fechado. um caos. o que eles querem? querem que eu passe fome? travesti também come, paga aluguel, condomínio, conta de luz, água, crediário, isso aqui também é trabalho. não tenho medo de nada, não é a porra de um vírus que vai me matar, a hora que esse vírus chegar perto é ele quem vai ficar com medo, vai ver minha placa de interditada e vai cair fora.

...

tanto boy, tanto mavambo, tanta maricona já se acabou em cima de mim e agora nada. na hora do bem-bom eu prestava, era fiona pra cá, fiona pra lá, agora esses filhos da puta com seus medos puritanos me ignoram, tantos quiseram sem guanto, com a porra de: não vou gozar dentro, camisinha me brocha, deixa, não tenho nada, sou casado, olha a aliança, eu me cuido, sempre me cuidei, nunca traí minha mulher, nunca tive que pagar por sexo, nunca saí com boneca, você é a primeira, é que, na hora que te vi, perdi a cabeça.

nessas horas não tinham medo de nada, gonorreia, sífilis, tudo se cura com injeções, tratamento de um dia, de uma semana, de um mês, da vida toda. e a coitada da amapô sendo depósito de doença desses filhos da puta. e a tia? no tesão, ninguém tem medo do carimbo, faz a egípcia pra maldita. e quando a gente fala, isso não, nem pensar. corta esse papo, para com essas ideias senão eu brocho. sou um cara decente, imagina que eu vou colocar minha família em risco. tô saindo com você porque você é diferente, você parece mulher.

cambada de maricona trucosa, tudo equezeira. tenho certeza de que a boca que se acaba na neca da mona cá, beija o rostinho do filho inocente, depois ainda vai quebrar louça com a amapô.

...

o meu trabalho também é de primeira necessidade. eu também tô na linha de frente. quem vai me dizer que gozar não é primeira necessidade? desafio qualquer viciosa a me dizer que não é. chega na minha cara e fala que não precisa gozar, fala na minha cara que não tem vontade de gozar horrores.

...

quando eu era pequena as pessoas me olhavam e falavam que eu era um aleijo, não ia ser nada, não viam futuro nem destino pra mim. eu também nunca vi, talvez o meu destino seja esse mesmo, ficar trancada dentro desse quarto esperando um futuro incerto chegar, um futuro de nada, esse agora de ver gente morrendo pela tv, filas de caixões sendo empilhados, gente falando pra rezar, gente falando pra ter fé.

...

máscara e distância, cobre o nariz quando for espirrar, braço na boca quando for tossir, no mínimo um metro de distância, não, um metro e meio é melhor, todo mundo batendo palmas nas janelas pro povo da saúde, pro povo da segurança, moça do caixa, do mercado, da padaria, da casa lotérica, pra policial, porteiro, recado de agradecimento pro lixeiro, mensagem pros cacura que não podem sair pra comprar pão, calmante, mel, agrião. esses filhos da puta estão achando que vão fazer a reforma da previdência, que os velhinhos vão todos morrer. não vão.

...

eu também quero bater panela, fazer motim, carreata, protesto, passeata, caminhada. vou fazer caminhada de trava desempregada, de trava com fome, vou fazer um griteiro de todos, todas e todes, pelas ruas dessa cidade, vou convocar todas:

é hoje, é hoje, convocação geral, hoje é dia de fechação, todas as gays, travestis, transexuais, transgêneros estão convocadas. vamos dar pinta, todas no carão. você, bicha, bichinha, bicha barbie, bicha mocassim, biba pão com ovo, saboeira, mona oco, rainha do cinemão, assídua da cabine, aquendadeira do dark room, você que é a vergonha do bairro, você que faz a linha discreta também está convocada, todas, todos e todes, pintosas, montadas e trucosas. vamos sair de nossas casas, das nossas kitnets, duplex, triplex, dos nossos mocós, de todos os muquifos dessa cidade e vamos bater panela, vamos causar, distribuir mamada gratuita, fazer boquete de cinco reais, você que já levou na cara e se calou por medo, você que já foi ofendida e fez a egípcia, você que faz a louca, você que tem ficado confinada no seu silêncio, você que tem ficado confinada por medo de gritar, é hoje. coloca sua cueca transparente, sua calcinha enterrada, jockstrap, saia curta, calça atolada, colorida, escandalosa, afrontosa, e vem, hoje é o dia de todas nós que tentaram calar, de todas que se trancaram em armários. você que calou a boca e engrossou a voz com medo de perder o emprego, você que foi expulsa da igreja, que levou coió no campinho de futebol, que foi abusada pelo tio, que foi currada pelos moleques do bairro, que teve que chupar a neca do irmão, que levou na cara do pai cada vez que deu pinta, vamos bater panela na cara desses malditos, vamos causar, vamos gritar das calçadas, mostrar que a gente é gente, vamos gritar, tô louca, vem, vem pra rua, vem.

...

e pra mim, ninguém vai bater palmas? eu também quero mensagem, também quero bilhetinho na minha porta, eu quero a porra de um bilhete de pedido de desculpas pela vida toda aguentando xingos, preconceito, discriminação. quero palmas por ter sobrevivido, quero aplausos, mais aplausos, muitos aplausos, bilhetes. qualquer bilhete: bilhete dizendo mentira, bilhete falso, qualquer bilhete. se não souber o que escrever, eu dito um bilhete pra você, e você coloca o bilhete na minha porta, pega a sua caneta e anota, eu espero, eu tenho paciência, escreve aí:

quero te pedir desculpas por todos os tapas na cara, pelos abusos, pelo confinamento que te impus. tem aí uma cesta básica, um remédio pra sua dor de cabeça. perdão pelo sexo forçado, pelas ofensas, pelas curras, pelas surras, perdão pela porra toda.

...

é isso que você vai escrever, é isso que eu quero que você escreva depois de pensar em mim e se masturbar escondido no seu banheiro com cheiro de cloro, no seu banheiro iluminado, esterilizado, desinfetado, no seu banheiro sem cheiro de mijo. é isso que eu quero que você escreva. enquanto isso, eu vou comer a bosta nossa de cada dia, vou me empanzinar com ódio, vou me entupir de rancor, vou comer o silêncio, vou comer a sobra de ontem, o macarrão com molho vencido, o resto da xepa.

...

cadê a poesia na janela? a poesia é luta pela vida, teste de fôlego, prenda a respiração por vinte e cinco segundos, se conseguir, pode ser que você esteja bem, mas também pode ser que você seja assintomático. nada é certo. prenda a respiração, expira, respira, espirra, tosse. expirem e me gritem poemas. estão esperando o quê? o meu velório transmitido pela cam, o meu velório cheio de ausências? colocaram o que na boca desses putos, rolha, mordaça? se não colocaram, eu mesma vou fazer isso pra nunca mais nenhum deles falar meu nome, pra nunca mais dizer: chupa gostoso, fiona, aguenta calada, bicha. engole o naco duro da vida, respira e aguenta calada, bicha do caralho.

nunca mais nenhum deles vai ouvir os meus gemidos fingidos, os meus gemidos de dor, o meu murmúrio de vai que eu tô quase, o meu grito calado de está doendo, goza, termina logo, não aguento mais. nunca mais nenhum deles vai me tocar com essas mãos imundas. passa álcool na mão suja antes de me tocar, desinfeta, higieniza, anda, agiliza que estou com fome e quero comer...

você não pode mais pegar em nada, o vírus dominou tudo, entrou em todos os lugares, entrou na sua casa pela sua roupa, pelo seu sapato, pelo seu celular, pela sua chave. deixa sua roupa na varanda da sua casa, não entra com esse sapato, passe os pés no cloro, passe álcool no chão, nas paredes, não saia, fique dentro de casa. ninguém pode sair, não pode pra nada, o seu gás vai acabar mas você não pode sair pra comprar, e se comprar você não pode pegar em acué, o acué tá contaminado, esquece o larjan, esquece o gás, a sua comida vai ter que ser feita no micro-ondas, mas cuidado, não fica perto dele pra não desenvolver câncer. tá com medinho? tá revoltado, surtado, chapado? tá arrependido? agora não adianta, ninguém mandou você apertar o botão errado, vai ter que ver imitação de gente sem ar. agora postou na sua mídia pessoal: fora fascista, fora nazista, fora bozo, fora tudo. eu só quero postar: socorro, socorro! preciso comer, preciso viver. alguém vai me dizer:

entra na fila e pega seiscentos arô de um, trezentos acué de dois, cento e vinte acué de cinco. você não guardou acué, mona? devia, você é profissional informal, tem que ter reserva, você não tem uma reserva?

pois é, não guardei nada, só tentei sobreviver. eu só tentei me manter viva.

...

eu não consigo mais ligar a merda da tv, se eu ligo a tv fico com depressão, se eu ligar a tv é bem capaz de eu pegar alguma coisa pela tv, é melhor ligar a tv com máscara, ensacada, empacotada, o desespero é tão grande que tenho de me contaminar só de ver pela tela, vou começar a tossir e espirrar só de ver pela tv, sou capaz de morrer só de ver a tv, a tv está me matando. cadê a porra dos direitos humanos, cadê essa gentalha? sumiu? cadê os pastores do lencinho ungido, das curas com as mãos, cadê os pais de santo com seus despachos poderosos e caros, cadê os espíritas com seus passes, daimokos, sutras, todos sumiram, o único barulho é o das palmas, os gritos dos loucos nas janelas, a poesia dos artistas. eu também vou fazer espetáculo pela janela com cachê simbólico, podem me atirar moedas, cestas básicas, contas pagas, chocolates, flores de mortos, flores de plástico.

...

saiam todos na janela, vai começar o meu espetáculo, vai ter aquendação e gritaria, vai ser o bafo, bateção de cabelo, vou me colocar no otim, na taba, no padê, jogar picumã, fazer pompoarismo com bola de pingue-pongue, fazer griteiro, será um espetáculo único, um espetáculo de enlouquecer, um espetáculo de fazer jus a tudo que vocês falam e pensam de mim. saiam todos! cadê as mari gongada com acué contado, os boy truqueiro pechinchando por sexo? todos com medo, todos com moral, todos de máscara e óculos embaçados. todos enlouquecidos com a racha dentro de casa, gritando silêncio pros filhos, todos assustados. todos com medo, muito medo. medo, medo, medo.

...

estão todos trancados com seus gatos e seus cães e se perguntando porque não recebem o mesmo carinho que os animais. todos em casa espancando amapô, todos pensando em separação, todos chamando esses dias de dias malditos, todos com raiva de mim porque eu não tenho nada, nem doenças nem regras, o vírus não me atingiu. os animais não pegam o vírus, por isso não peguei, porque agi como um animal todas as vezes que me maltrataram.

...

cambada de arrogantes, hoje o adeus é à distância, não podem ir no enterro do pai, da mãe, não podem visitar o filho entubado. hoje todo mundo é igual, mas quando isso acabar o seu medo vai continuar e você, que já não gostava, não precisa tocar na mão de ninguém, cumprimentar ninguém, e agora vai fazer isso com embasamento médico, o seu nojo do outro está respaldado, e se alguém reclamar você diz que isso é recomendação da vigilância sanitária.

...

nem mesmo os artistas estão nas ruas com seus cartazes de abraço grátis, abraço grátis pra você. o viadinho que você sufocou a vida toda, a biba que você ofendeu, hoje, é o menino da saúde que você aplaude, que arrisca a vida enquanto você fica na segurança do seu lar, vendo reprise de novela, tomando tarja preta pra acabar com a depressão, com a ansiedade, compulsão, obsessão, com o tesão, pra dormir e esquecer. você não tem mais paz, só come e engorda, come, caga e vê o fardo de papel higiênico acabando, sai na janela e grita pro coitado do velhinho solitário, que saiu pra dar volta com o cachorro, voltar pra casa, se apavora com a alta do dólar, não acredita na quantidade de mortes dos países do primeiro mundo, olha pra fora, e dá graças a Deus pela rede de proteção que colocou pro cão e o gato não pular, pra você não pular. pensa que depois disso as pessoas serão melhores. você vai tentar ser um ser humano melhor, faz promessas pra Nossa Senhora Aparecida, Oxalá, Obaluaê, Iansã, São Jorge, Jesus Cristo, Exu, Virgem Maria, São Longuinho e tudo o que consegue lembrar, vai ter fé, muita fé, vai ser católico praticante, evangélico, espírita, umbandista, candomblecista, kardecista, budista, subir escadaria, e de joelhos, pagar promessas, fazer vigília, energização, despacho na encruzilhada, parar de fumar, fazer esportes, correr no parque, pagar pencas de sanduíche pra morador de rua, parar de odiar puta, preto, pobre, petista, pedinte, nordestino, gordo, presidiário, macumbeiro, travesti, estrangeiro, viado, sapatão... você não sabe o que vai ser a sua vida, você só quer ter uma vida depois desse puta confinamento, desses dias inesquecíveis, desse momento histórico, dessa puta confusão.

bora pra palhaçada

tamo indo fiote, vamo com nóis, vamo lá, beber de graça e rachar o bico, da última vez eu voltei travado de tanta cachaça, bebemo pra caraio e ainda cheiramo umas nervosa, o tiriça ficou uma semana brisado, fumou uns trabucão que ia daqui até na esquina. o rebordoza trançava as pernas de tão manguaçado, baguio doido, o avestruz saiu quase casado do baguio, mó treta, um viado ofereceu até moto pra ele a hora que viu a perninha extra da criança. para mano, vai gente normal também, umas par de mina gostosa, na parada passada, beijei umas trinta novinha, não, trinta não, umas cinquenta, cinquenta ou mais. só não perder a cabeça, e não embaixo da bandeira, os caras perde a noção, baguio doido, se o cara não é estruturado, faz merda, olha o avestruz, doidão de bombeirinho, de ferrari, de caipora, de chevette, tudo que dava ele emborcava, e os viado só manguaçando o maluco pra se aproveitar, saiu debaixo da bandeira com um travesti feio pra porra e ficou apresentando pra galera: "minha muié, essa princesa, minha muié." beijou na boca e tudo, eu filmei, depois ele me fez apagar. chega uma hora que os viado tão tudo doido, tudo bêbado, perde roupa, perde peruca, perde tudo. dignidade, então, os viado nem sabe o que é, fica tudo bêbado e desesperado pra pegar. você passa e as bicha vai tudo metendo a mão, tudo chapado, todo canto tem viado se agarrando, e nessa hora o baguio pega, os mano aproveita e é só arrastão, leva o que pode, os viado têm medo de brigar e deixa em paz. o parkinson voltou com o biriri de três biba. já vi nóia assaltar viado de presença, fortão. o nóia assaltou com caneta bic, o viado achando que era arma entregou tudo, e a bicharada vendo, e ninguém fez nada, se é nóis, já cola em cima, mas viado, tudo desunido. baguio doido, papo reto. fiquei chapado vendo o baguio. o viado que o noinha assaltou era uma porta de tão grande, todo malhado, barriga trincada, juro, mano, papo reto, assaltou com uma caneta bic, limpou o viadão, e o viado nem percebeu que era caneta. os viado fala que vai lá brigar pelos direito, fica com essa patifaria de respeito, se você xinga um viado de viado em algum lugar, os viado já fala que vai te processar, mas lá, não tem nada disso, não, o que os viado querem é fica se catando. pai de família com criança, e os viado nem aí, tudo com roupa escandalosa, a maioria não se respeita, vira esculacho. todo mundo rachando o bico com o viadeiro, tem uns com pinta de macho, uns cara barbudo cheio de pelo, cara presença, mas sem noção, com fio dental entrando no rabo, fala sério. tá pedindo pra ser zoado, casco o bico mesmo. sabe o cacique, o maluquinho perebento da rua de cima, até ele se deu bem, e olha que ele é zoado, zoado pra caraio, todo perebento, mas faturou, vendeu cerveja pra caraio, cerveja quente, e neguinho nem percebe, toma assim mesmo. ele disse que chega uma hora que neguinho dá uma onça pra ele cobrar e nem sabe quanto deu, e ele lá, só garfando o dinheiro das biba. cê tá ligado que ele dá umas brecha né, eu vi ele de mão dada com um boiolão, a hora em que ele percebeu que eu vi, disse que tava indo só azarar a bichona, no outro dia apareceu com um bobo monstro no pulso e um biriri do caraio. vamo nessa, parceiro. olha o pai, o pai tá como? pano bom, perfume exalando, cabelo na régua, penteado de mil, só no camaleão, truta, o pai tá indo pra se dar bem, beber muito, fumar, cheirar, azarar as novinha gostosa e ainda rir das cara dos viado, e se der, voltar com uns presente garfado na hora do pega pra capar, que o pai não tá morto. bora com nóis, maluco, borá lá, vamo ri das bicha.

desgrameira

abre essa porta, evelize, nunca vi demorar tanto num banheiro, não sei o que você tá fazendo aí dentro, mas coisa boa não é, daqui a pouco chega o natal e você tá aí dentro ainda. tá achando que chuveiro é cachoeira? e mesmo que fosse, seu nome por acaso é Oxum? se for, então chora. era só o que me faltava, Oxum no banheiro de favela. nem cabelo você tem pra lavar depois que resolveu cortar esse arapuá baixinho feito homem. eu até sei o que você vai falar, que seu irmão também demora, mas seu irmão estuda no banheiro e não demora com o chuveiro ligado, o banheiro é uma espécie de biblioteca pro teu irmão, seu irmão é estudioso, o seu irmão pensa no futuro. eu também demoro, mas demoro pra ficar livre de você, pra não ter que olhar pra essa tua cara feia, e nem vem com essa história de que a gente é igual não, você parece com o teu pai que é fraco de feição igual você, aquele bêbado. anda, evelize, você vai sair desse banheiro ou vou ter que arrebentar essa porta e te tirar daí pelo pescoço? você que sabe, se precisar eu dou um chute, essa porcaria dessa porta cai, te arrebenta e te deixa pior do que você já é, depois você não reclama da sorte. não sei o que você lava tanto, quem vê diz que você está cheia de tiririca. quando a água acaba, fica reclamando de tomar banho com caneca. ninguém, e quando eu digo ninguém, é ninguém mesmo, ninguém precisa de um banho tão demorado, na televisão mesmo fala que o banho tem que ser rápido, você acha que a televisão tá errada? você acha que aquela gente da televisão que estudou a vida inteira está falando besteira? você não paga nada, não sabe o preço da água, se pagasse, dava valor, porque as coisas são assim, a gente só sente quando dói no bolso. você tá de pirraça. isso é falta de eu arrebentar tua cara, aí eu quero ver você chorar pro pinguço do teu pai quando ele chegar, quero ver aquele bêbado te proteger, isso é culpa dele, toda vez que eu vou te educar ele se intromete. olha, eu só vou falar mais uma vez, uma vez só, e se você não desligar esse chuveiro e sair desse banheiro, você vai se arrepender do dia que veio pro mundo, e não se faz de muda não que eu te conheço, sua sonsa. abre essa porta, evelize, abre essa merda dessa porta, abre, se não, eu quebro tudo, desliga essa porcaria desse chuveiro. se o teu pai, aquele bêbado, tivesse aqui, você não fazia isso, ia tomar banho num instante, só pra ele achar que você presta e eu sou mentirosa quando falo as coisas. você e seu pai são assim, são iguaizinhos, se unem pra me condenar, mas um dia você vai pagar, se Deus quiser, um dia eu vou ver você sofrendo, eu vou ver você pagar tim-tim por tim-tim, justiça de Deus vem a cavalo, pois é, a de Deus vem a cavalo porque a minha não, a minha vem de avião, vem de foguete. sabe o que eu vou fazer? o que eu vou fazer já era pra eu ter feito há muito tempo, espero que você não esteja com sabão nesse seu cabelo ruim, porque eu vou desligar a água, vou, eu vou desligar. no mínimo você está tomando esse banho demorado porque deve ter se engraçado com alguma nojenta feito você. me engana, me engana que eu gosto. você acha que banho demorado vai te deixar bonita? pois vai pensando, não vai, pau que nasce torto morre torto, você já nasceu estragada e, depois que você resolveu virar isso que virou, ficou pior ainda.

...

ontem mesmo, você estava dormindo, acendi a luz pra te ver direito, me deu nojo, seu corpo está deformado, você está cada dia mais gorda, perdeu as formas de mulher, seu corpo tá parecendo corpo de homem, aí eu olhei a tua cara, a tua cara tá começando a ficar azulada por causa da barba que você cismou de ter, me deu desgosto olhar, fiquei pensando: que merda essa menina tá fazendo com ela mesmo, não foi isso que eu coloquei no mundo.

...

você era uma menina bonita, as pessoas falavam que você parecia uma princesa. você parecia uma boneca, evelize. dava gosto de ver.

...

eu tô começando a ficar com nojo de você, outro dia te vi tomando cachaça com os maloqueiros da rua, falando alto, rindo alto, querendo ser igual a eles, que raiva me deu, fiquei até pensando que podia vim um caminhão em alta velocidade e matar todo mundo ali, olha o que você está fazendo comigo. eu sempre fui uma pessoa boa e olha o tipo de coisas que ando pensando, ando desejando o mal, não sou assim.

...

desliga a merda desse chuveiro, sua tribuzana. como eu te odeio, evelise, como eu te odeio, maldita hora que eu te deixei nascer. não vejo a hora de você arrumar uma da sua laia e sumir dessa casa.

...

tenho fé em Deus que logo você vai arrumar uma infeliz e me deixar em paz, só assim vou ter tranquilidade, abre essa porta, sua infeliz, abre essa porta, sua nojenta.

.,.

chega, não abre por bem, vai abrir por mal.

...

o que você fez, evelise, o que você fez, sua infeliz, eu estava falando da boca pra fora, minha filha, você às vezes me irrita, você me deixa nervosa, eu perco a cabeça,

...

valei-me, minha Nossa Senhora, valei-me Iansã. socorro, alguém acode aqui, alguém me ajuda, dona selma, dona cida, corre aqui, mulher, chama alguém, me ajuda, pelo amor de Deus, alguém me ajuda, essa infeliz desajuizada fez merda, alguém me ajuda aqui pelo sangue de Cristo, essa infeliz desgraçou a vida miserável dela, evelise, minha filha, evelise, socorro, alguém me ajuda, pelo amor de Deus, minha filhinha, meu filho, meu Deus, me perdoa, minha filha, eu te amo, sua infeliz.

duplo pré-conceito

tenho dois filhos gêmeos, um se chama quislon e o outro se chama obá. o quislon nasceu preto como eu, tem meus traços. obá nasceu branco com a cara marruda do pai.

...

conforme foram crescendo, fui percebendo uma enorme diferença entre os dois, o obá era muito delicado, e eu que convivi com gays toda minha vida percebia isso claramente.

...

pensava comigo: meus dois meninos vão ser vítimas de preconceitos, um por causa da cor e outro por causa da sexualidade, a diferença é que o negro nunca vai precisar contar pra ninguém que é negro.

...

com o tempo, o obá começou a sofrer preconceito dentro de casa mesmo, o quislon começou a chamar o obá de mariquinha, e quando perguntei o porquê daquilo, disse que na escola chamavam o obá assim.

...

ódio é algo que se aprende.

...

perguntei pro quislon, se chamavam ele de alguma coisa também, ele disse que não, que só o obá.

...

tinha chegado a hora de ter uma conversa com os dois.

...

comecei contando pro quislon que ele era preto como eu, que o obá era branco como o pai, que eles não conheceram. contei pro quislon que, embora ele fosse muito parecido comigo, tinha um comportamento semelhante ao do pai, e que o obá, embora tivesse os traços rústicos do pai, tinha a minha alma delicada.

...

contei pra eles que um dia eles iriam ser chamados de macumbeiros, que eu e o pai dele também fomos chamados assim, e que o espírito do homem que era o pai deles um dia foi encaminhado para Orun, diferente do dos amiguinhos deles, que iam pro céu cristão, segundo suas crenças.

...

quislon continuou repetindo insultos que ouvia: mariquinha, rosinha, macumbeiro, neguinho boiola, negrinho bicha, bichinha...

...

um dia eu contei pros meus filhos a história de Obaluaiê:

Xangô deu uma linda festa em seu palácio e convidou todos os orixás, menos Obaluaiê, que foi deixado de fora por causa de sua aparência repugnante: era cheio de feridas, até queria participar, mas só podia ver a festa pelas frestas do terreiro do palácio de Xangô. Ogum ficou tão comovido que ofereceu uma roupa que cobria Obaluaiê da cabeça aos pés, então ele entrou, só que, lá dentro, ninguém aceitou dançar com ele. Iansã, guerreira, senhora dos ventos e dos raios, ficou com tanta pena que quis ajudar. foi até Obaluaiê e começou a dançar com ele. Iansã começou a rodar e acabou produzindo uma grande ventania, que levantou as palhas que cobriam Obaluaiê e deixou suas feridas à vista. num encantamento, as feridas pulam do seu corpo e se transformam numa chuva de pipocas, que cobriu todo o palácio de branco e mostrou que por trás daquelas feridas havia um príncipe jovem e belo.

...

essa foi a última vez que falei sobre diferença pros meus meninos.

...

tenho um filho gay e um filho negro. dizem que meus filhos são minoria, não são. todos os dias peço a Iansã, senhora dos ventos e das tempestades, que proteja meus dois príncipes.

silêncio, silêncio, não peça ajuda pra ninguém. não grite, não fale, porque o socorro nunca vem.

Uma fúria acolhedora

Li *estranho seria se você soubesse* em uma sentada. Uma noite e madrugada intensos, sem conseguir parar, emendando um conto no outro. Cada página trazendo uma porrada, esfregando na cara o âmago dessas personagens cotidianas, desestabilizadas na crueza dos seus pensamentos, expostas em suas intolerâncias e fraquezas morais. Repulsas evidenciadas em atos e falas violentos, presentes nas mães que rejeitam seus filhos, na homofobia internalizada da bicha, na violência dos policiais, no viado que humilha o cara mais velho que ele um dia também vai ser.

Em poucas linhas são construídas realidades múltiplas e vulgares, tornando explícitos sentimentos e vozes dos que estão do outro lado. O livro propõe o exercício de nos colocarmos na pele de quem pensa diferente, deixando fluir os preconceitos que temos do lado de cá. As histórias se manifestam em linguajares tão distintos e verdadeiros que, ao final, sistematizam, aclaram o ódio dessa legião de fanáticos rancorosos que usam a religião como subterfúgio para nos atacar.

Contos com a potência que surge como resposta aos que nos agridem – e com o frescor que vem do risco que correm os que conseguem gritar.

Me sinto acolhido na fúria de Aramyz. E sigo ligado para saber por onde ele a apontará.

André Fischer

www.laranjaoriginal.com.br

Edição
Germana Zanettini
Revisão
André Sanchez
Projeto gráfico
Iris Gonçalves
Arte da capa
Alex Flemming
Foto do autor
Jennifer Glass
Produção executiva
Bruna Lima

Laranja Original Editora e Produtora Eireli
Rua Capote Valente, 1198
05409-003 São Paulo - SP
Tel: (11) 3062-3040
contato@laranjaoriginal.com.br

Dados Internacionais de Catalogação na Publicação (CIP)
(Câmara Brasileira do Livro, SP, Brasil)

Aramyz
Estranho seria se você soubesse / Aramyz. -- 1. ed. -- São Paulo, SP : Editora Laranja Original, 2023.

ISBN 978-65-86042-81-8

1. Contos brasileiros 2. Literatura brasileira
I. Título.

23-170994 CDD-B869.3

Índices para catálogo sistemático:
1. Contos : Literatura brasileira B869.3
Tábata Alves da Silva - Bibliotecária - CRB-8/9253

Fonte: Sabon
Papel: Avena 80 g/m²
Impressão: Psi7 / Book7